メディアワークス文庫

大奥の陰陽師

つるみ犬丸

JN073766

プロローグ

その妖狐を初めて目にしたのは、あたしが六つのときだった。

宝永四年。年の瀬の声を聞く頃だ。

富士山が火を噴いて空は鈍色に曇り、江戸じゃ細かな灰が延々ずっと降り続いていた年。こんなに寒い師走は初めてだと、大人たちがよく騒いでいたのを覚えている。

ただおかしなもので、おっ父の稼業に世相の乱れは助けになった。だからまあ知れた程度だろうけど、諸色が上がって景気が悪くなる中で、我が家は裏長屋を追い出されないくらいの稼ぎがあったらしい。

あたしがその妖狐と出会ったのは、そんなとき。

年上のガキ大将にケンカで勝って、意気揚々と長屋に帰った日だった。

おっ父は仕事に出ていて、家には内職をしているおっ母だけ。おっ母はあたしのざんばらに乱れた髪を見ると、「せっかく結んで飾ったのに」と、困った顔をして自分の正面に座らせた。

「まだ早いと思ったけど……。お前もそろそろかねえ。ご先祖の沽券にも関わるし」

「なにが？」

「これを首から下げてくれる？」

おっ母はあたしの問いに答えずに、柔らかい面差しの眉を下げた。紐を通した小さな竹の管を手に持っている。竹管はそこらで見るやつと似ていたけど、いやに古びていて小さかった。

「なにこれ」

あたしは手に取って、それを上下に回して見つめた。なんの変哲もない竹の管。あたしはおっ母に問う目を向ける。

「これはねえ、おっ母がご先祖様から代々受け継いできた厨子。子の分別が付くようになったら、譲る決まりでね。ばっちゃもそのばっちゃも。みんなこの厨子に助けられてきたのよ。ちょっと早いけど、お前にはそろそろって思っていたから」

「この竹が厨子？　お守りみたいなもん？」

「そうね、似てるかしらね。わたしはもうお別れを済ませたから」

「お別れって。大げさだよ」

あたしはこんなものどうだってよかったけど、いやに大仰なおっ母の振る舞いに断るのも悪く思って、その場で首にかけた。

「これでいい？」

竹管をつまみ、顔を上げる。

すると、……いや、まさかだった。おっ母の大仰さにはわけがあったのだ。

気が付くと周りには森の朝を思わせる肌寒(はださむ)い薄霧が漂っていて、ぼんやりと幻みたいに人の影が滲(にじ)んでいた。

さっきまでおっ母と二人きりだったこの長屋に……！

「な、なになになに！」

魂消(たまげ)たあたしは、うしろについた手で体を支えた。やがて霧からぬっと姿を現した人の影は、ぶっきらぼうを絵に描いた態度であたしの前に立ちはだかる。

不思議な男だった。透き通る銀色の髪、野兎(のうさぎ)のように飛び出た耳、綺麗(きれい)な面差しに目元を隠した布。着物は神職の人間が着るものだろうか。だけど人でないのは明らかだった。

「見えた？」

おっ母が微笑みを浮かべ問いかけてくる。

「見えたって、おっ母。人がいるよ！　ここ！　変なやつ！」

「葛忌って言うのよ。大っきいけど管狐。わたしたちの血筋に代々伝わる式神なの。もう、わたしには見えないからね」

「しししし式神？」

「そう」

おっ母があたしの手を取り、優しく握った。

「あんたは……、いずれ本当の血筋を教えるときが来るだろうけど、どうあれ晴明公を遠祖に持つの。なのにむらっ気があって向こう見ずだから、葛忌から習えるように少し早めに渡したのよ。くれぐれも、おっ父には内緒にしておきなさいね。本当のことを知ったら、また泣くから」

「やだよ、こんなの。返す！」

「竹管を返しても、式神はもうお前の一部だから。仲良くね」

おっ母はにっこり。でも葛忌と紹介された式神は空気も震える凄みを漂わせ、あたしの前でふんぞり返った。

『お前、死ぬなよ』

※

そして十年の歳月が流れ元号が享保と改まったいま、あたしは大奥にいた。

額を梅雨の空気にじめっと湿らせて。

もちろん不快。だけど痺れるくらい張った気が、あたしに拭う余裕を与えない。

それは木製の踏み台がぐらぐら据わりが悪いせいじゃないし、年長の女中の疑わしい目が心に重いせいでもない。

——その失せもの、あたしの占いで探せます！

って功を焦り、大見得切って引き受けた失せもの探しのせいである。

「ねえ、見付かった？　って言うか大丈夫かい、雲雀ちゃん」

「もうちょっと、で、届きます……」

あたしは踏み台から背伸びをして、壁棚に手をかける。

「この壁棚の一番上……。お亀さん、踏み台しっかり押さえててくださいよ」

「そりゃいいけど……。雲雀ちゃん、なんて言うか、いかにもお俠だから……」

信用してないお亀さんの口ぶり。いまに見てろ。

失せものは必ずここにある。それは間違いがない。

あたしが心配しているのは、失せものを見付けたそのあと。そこまで含めた全てに上手く幕を引けるか。ただそれだけが少し気がかり。でも、自信はある。

あたしは着物の裾をたくし上げると、伸ばした腕をえいっと棚の端に滑らせる。すると小指にぶつかるなにかの手応え。

「……見～付けたっ！」

当然って気持ちと安心が混ざり合う。

「へ。……あったの？　本当に？」

「あたしの筮竹、そこいらのとはわけが違うんですよ」

あたしは踏み台に屈む。騙し討ちに遭ったようなお亀さんと目を合わすと、ししっと笑って見付けたものを手に載せて見せた。斑の少ない鼈甲の櫛。

「これ！」

お亀さんは眉に驚愕を示し、踏み台を離して櫛を奪う。踏み台が揺れて落っこちるあたし。イテテと起き上がったら、お亀さんは泣きっ面になって櫛を袱紗にそっと包んでいた。

「よかったよぉ。これねえ、昨日からずっと探してたんだよ」

お亀さんの目はたぶん涙に滲んでいて、落ちたあたしは見えてなさそう。痛むけど、見付けた誇らしさが胸に沁みる。

「あのね、雲雀ちゃん。これ大奥奉公に出るときにね、おっ母さんが持たせてくれた櫛なんだ。もう形見になっちゃったけど、わたしの宝物でさ。ああ、よかった……。雲雀ちゃん、ありがとうねえ、ありがとう……」

「いいんです。こんなことでしか、役に立てませんから」

「こんなことって……。凄いことだよ、雲雀ちゃん」

お亀さんは目を指で拭い、袱紗に包んだ櫛を袖に仕舞う。

「まさかあんな細い棒キレの占いで、失せもの探しなんてねえ。『陰陽師の身の上知らず』って巷の言われでさ、わたしも実のところじゃ、雲雀ちゃんの趣味に付き合うくらいの気持ちだったのに」

「ひどーい」

知ってたけど。あたしは口をへの字にし、不機嫌を装う。

「自分でこんなこととは申しましたけどね、軽んじてもらっちゃあ困りますよ。実家の辺りで陰陽小町って聞いてもらえば、みーんな揃ってあたしを指さすんですからね。

あと占ったのは細い棒キレじゃなくて筮竹。五十本の筮竹を使った……」

「ごめん。聞いても分かりそうにないや」

苦笑するお亀さん。あたしより少し年上……、十八、九かな。恰幅がよくて、いまは御三之間だけど、近々出世の噂がある人。

「それで、……世話好きの陰陽小町にもう一つお願いがあるんだけどね。ついでと言っちゃあなんだけど……」

お亀さんは櫛が見付かった壁棚を見上げた。

「あのさ、櫛がなんであそこにあったか占えないかい？　わたし、もの失くすことはあっても、別の部屋のあんな高いとこに手を入れないしさ……。誰かがあそこまで運ばないと」

「科人、占いますか？」

「……うん。あ、いや、やっぱり……」

俯き迷うお亀さん。そこに隠した人の目星は付いている。そんな口ぶり。

だけど、あたしの出番はまさにここ。

「迷われてるんですね」

あたしはいっそうの笑みを顔に拵えた。なんか喋るなら、櫛を見付けて信用を得たいましかないのだ。

「だけど、大丈夫です。櫛を隠した科人なんてそんなの、占うまでもないんですから。見てください、これ」

あたしは努めて明るい声で、櫛を見付けた棚の二段目と三段目を指さす。

薄く埃がたまったそこに判みたいに押されているのは、小さいお客さんの豆のような可愛い足跡で……。

「これ、猫……？」

「そ。きっと猫」

あたしが答えると、足跡に顔を寄せたお亀さんは「あー」と、天を仰いだ。

「猫かぁ。ああ、ホッとしたよぉ。そっかあ。イタズラでもしてかまってもらったお猫様が、味を占めたのかもしれないねえ。津岡様の部屋で悪さしたってやつかも」

猫相手なら大事にするまでもない、科人の目星は杞憂だった。

お亀さんは安心を顔に浮かべて丁寧にあたしに礼を述べると、廊下を渡って自分の仕事へと戻っていった。人に濡れ衣を着せちゃって据わりも悪いだろうし、なんと言っても大奥のご奉公は忙しい。あたしへの感謝とは別に、早々に仕事に戻らないと上役に叱られてしまう。

でも、だからこそこれでいいのだ。あたしの株は上がった。別に恩に着せようなんて思っちゃいない。いまは評判を得るとき。それに――。

――この件はまだ落着していない。

全てに幕を引くまでが、あたしの仕事。そのために、ここへ来たから。

そう、大奥の御奉公は忙しいのだ。おっ母みたいになるためにも。

「さ」

あたしは部屋を出るとうしろ手に障子戸を閉め、体いっぱいにお天道様の光を浴びる。そして隣に立つその男へ笑いかけた。

「働いたご褒美。エサの時間だよ、葛忌」

※

長局とは、大奥に働く女中たちが起居を共にする宿舎。千を超す女たちを抱える。長い長い一棟の建物を仕切り、部屋を分けたものだ。

大奥にはそんな長局が四棟あり、一番南をまず一之側。以下、北側へ二之側、三之側、四之側と続く。地位や仕事によって住む場所が違ってくるけど、だいたいの場合は北に下るほど身分が低くなるのが通例。

で、いまあたしがやってきたのは四之側。陽も傾き始めたこの時間を狙い、昼の一件の幕引きに訪れた。

「もうし。いらっしゃいますかー」

廊下から障子戸を開けて訪いを入れると、部屋の真ん中で小袖を着た華奢な女中が一人、楚々と着物を畳んでいた。葛忌から聞いてはいたけど、実際に見たらあたしよりも頭二つ背丈が高そう。

「ええっと……」

彼女は座ったまま障子戸に立つこちらに向き直る。目は訝しげだ。

「……この部屋の者に御用でしょうか？　生憎まだ他の者は仕事から帰って来ておらず、いまはわたししかおりませんが……」

「承知してます。今日はお登勢さんが早く帰るって聞いて、狙って伺いましたから。あ、お登勢さんで間違いないですか？」

「確かに登勢はわたしです。失礼ですが……」

女中は眼差しを窺うものに変える。

「ご無礼を。あたし津岡様の部屋子で、雲雀と申します」

「津岡様の……！　ご無礼仕りました」

肩を跳ね上げたお登勢さん。居ずまいを正すと、丁寧に畳に手をつく。恐縮した？　違う。なにかへの怯えに見える仕草。

「よしてください。部屋子に畏まることなんてないですよ。ちょっとお話があって伺っただけですから」

「……お話、ですか……」

「鼈甲の櫛の件で。あれ、あたしが見付けました。隠されていた場所から考えて、お登勢さんとお目にかかれたらなあって思って」

あたしの言葉が、伏せたお登勢さんの顔色を悪くする。陽はいっそう濃くなってあたしの背中を照らし、長く斜めに伸びた影をお登勢さんの目の先へ届けた。

「……いえ……。わたしでは……」

「お登勢さんじゃない？　でも他の誰があんな場所に隠せます？」

「確かにわたしには上背があります。けど、台を使えば誰でも隠せますでしょう？　それこそ童でも」

「あのぐらぐらする踏み台を？　あたし立ちましたけど恐かったです。落っこちたし。一人じゃとても。支えてもらってやっとでした」

「……四之側の物具なんて、どれもあんなものですよ。みんな慣れております」

「だけど……」

あたしは部屋の中に足を踏み入れ、お登勢さんの前に正座した。

彼女はまだこちらと目を合わせず、畳の目をじっと見つめている。よく見ると肩は細かく震え、やはりひどく怯えて見えた。あたしを詮議に訪れた者と紛えて、咎めを恐れているんだろう。

「果たして『台を使えば』とは、どういう意味でしょうか。だっておかしいです。誰も高い場所に櫛があったとは言ってないのに」

「…………」

お登勢さんは蒼白になり目を瞬かせた。顔色は白状したも同然だ。

――たぶん、アレが出るならここ。

『葛忌』

『いま食った。小さいし不味い』

素早い返事と共に、げふっと品のない曖気が聞こえた。げんなりするけど、ま、エサを食ったのなら、こいつへの駄賃は終わり。そしてお登勢さんの諦めが確かなものと証される。

「心配しないでください」

あたしはお登勢さんに笑いかけた。

「櫛、お登勢さんの仕業だって知ってるの、あたしだけです。お亀さんには、上手く誤魔化しておきましたから」

「誤魔化す……？　どうして」

お登勢さんは不思議そうに顔を上げた。

「思い違いをさせてごめんなさい。あたし、詮議に来たわけじゃないんです。櫛を隠しちゃったの、お登勢さんは後悔してるって知ってるから」

葛忌の青い目は、命なきものの憶えを読み取る。櫛の発見はその力を借りた。櫛を隠すお登勢さんの姿。苦渋に満ちた面差しだったと葛忌は言った。人から話を聞いても、お登勢さんを悪く言う人はいない。あたしを前にした恐がりようで、弱い人とも分かった。

だからきっと後悔がある。そこに賭けて、あたしは彼女の心に問うている。もしもあたしの言葉が、お登勢さんの気持ちに少しでも響いていたら。

「これ」

あたしは着物の袖から取り出したものを、お登勢さんの前に置いた。

「これは……？　人形？」

「ヒトガタって言います。桃の木で拵えた、人を象ったやつ。差し上げます」

あたしはつつつ、と、人形を指で押してお登勢さんの方へ滑らせた。

「人形？　を、どうしてわたしに……」

「えっとですね。これに名前を書いて、そのあとお登勢さんが自分の心があると思う場所をこれで撫でてください」

「心……？　胸、かしら」

「お登勢さんが思う場所でいいです。それから息を吹きかけて、あとは……、そうだな。どこかにこっそり埋めてしまいましょうか」

「埋めるんですか？　これを？」

不思議そうなお登勢さんに、あたしは「はい！」と、また笑いかけた。

「お登勢さんに溜まった穢れを、人形に移して消してしまうおまじない。あたし、お父が卜者で、そういうの見て育ってきたから」

「――わざわざ、それを教えに？」

「嫌でした？」

尋ねると、お登勢さんは素早く首を横に振った。

「いえ、決して。でも、不思議なんです。話したこともないわたしに、どうしてこんなに情けをかけてくださるのかって……」

「――おっ母の遺言で」

あたしは彼女の心を重くしないよう、穏やかな表情で口軽に言った。

「あたし、おっ母が死ぬとき、言われたんです。優しくおなりって。あたし、おっ母が大好きだったけど、優しくなれなかったから」

言い切ってから、あたしはすいっとお登勢さんに抱き付き、その背に腕を回す。そしてまじないの言葉を早口で誦じた。

「え、え？　雲雀さん？」

「……これは身固めっていう、あなたを悪いものから守るおまじない。生まれ変わったお登勢さんが、どうか心身共に息災でありますように」

朋輩の出世を妬み、ついやってしまった。

倹約が奨励されるいまの大奥で、自分の出世は望めないかもしれないのに。わたしの見目じゃ上様のお目に留まることはないのに。実家はわたしの禄が頼りなのに。家柄に恵まれたからってお亀が。だから……。

お登勢さんは畳に突っ伏し、堰を切ったように白状した。

「わたしも、情け深い人になります。あなたを見習います……」

隣に座ったあたしは、もう平気だからとゆっくり背を撫でた。でも彼女はきちんとお詫びをすると強い目で涙を拭った。あたしが指で拵えた猫の足跡はムダになるなと思ったけど、それならその方がいいと黙っておいた。

「だけど……、やっぱり不思議です」

しばらくして落ち着くと、お登勢さんはあたしを見て首を傾げた。

「雲雀さん、そんなに背丈もないのに……。あんな場所、勘でどうにか探せる場所じゃありません。どうやって隠した櫛を見付けたんですか？」

「――んっと、それは」

どう答えよう？　迷いながら立ち上がる。で、結局のところ答えはこれしかないなと思い、あたしは自分の笑みを彼女に向けた。

「あたしの箆竹、そこいらのとはわけが違うんですよ」

一章　鳴かない猫と禁じられた恋

おっ父は売卜でどうにか日々の糊口を凌ぐ甲斐性なしだった。

と、言ってもけんかっ早いとか、博打に明け暮れているとか、女遊びが過ぎるとか、そういう人品を疑うようなものじゃなくって、気が弱過ぎてお客によく泣かされて帰ってくるという、ちょっと可愛い穀潰しだ。

そんなんだから暮らし向きは楽じゃなかったけど、おっ父は売卜を辞めなかった。あたしも辞めろと言わなかったし、死んだおっ母も言わなかったと思う。

なぜなら、あたしら一家は矜持を持っていたから。言い伝えの中に生きる陰陽師、安倍晴明公の末裔であると。

だからおっ父が売卜に生きるのは当然であるし、あたしが支えるのも当然。そしておっ母の遺言を守るため、あたしがおっ父の仕事を見て覚えるのも、自ずと決まった先行だと思っていた。

だけど……。

「認めてくれなかった？」

浅草の狭っ苦しい裏長屋。

あたしは内職の手を止めて、足を土間に放り出して泣きじゃくるおっ父に問うていた。期待していた土御門家の職札を頂戴できなかったらしい。

このご時世、売卜は土御門家の許しを得なければ公に商えない。

ただ職札と言うか、その許状。下げ渡しが意味するところは、土御門家の支配を受け入れるということ。土御門家は安倍晴明公の正統な子孫で、こちらとしては同じ祖を持つ彼らに伏したくなかったのが本音だ。

しかしながら世は新しい公方様のおかげで泰平そのもの。占いの求めは昔に比べて大きく減った。しかもあたしらみたいなモグリの売卜者は、同業からだって仲間外れ。良い場所で立てない。

で、我が家は素寒貧が板に付いちゃって、高楊枝をする楊枝すら事欠く有様。とうとう恥を忍んで土御門家に職札を求めたのである。

なのに、彼らは認めなかった。おっ父は気が弱いし、まあモグリと言えばモグリだけれど、でもよく占いを知っている人なのに。

込み上げる強い感情に、あたしは頰を膨らます。

「あの許状ってけっこう緩くて、約定書と毎年の貢納金があれば割と誰でも認めてくれるって噂だったじゃないの。親戚縁者には余計に緩いって聞くよ？　あたしら庶流だけど血縁って言やそうだし。まあ由緒書なんてないけどさ」

「そのはずなのに、わけ分かんねえ。もう易者なんて嫌だよぉ、俺はよぉ」

「また言ってる。江戸っ子なんでしょ。ほら、しゃんと立ちなよ」

「立てねぇよぉ、嫌だよぉ。だいたい巷じゃ易者の筋はお前の方がいいって言うじゃねえか。お客にゃしっかりもの言うし、色んな困りごとを落着させちまってよ。なのに俺ぁ自分が情けなくってよぉ……」

「あっきれた。泣き言ばっかり」

あたしは立ち上がり、手を腰におっ父を見下ろす。

「いざってときには勇み肌のいい男ぶりなのに、普段はずうっとこれだもんねえ。おっ母も変なのに惚れたもんだよ。少しは新しい公方様でも見習いな」

「公方？」

「そうだよ。ご立派なお方なんだから」

言いながら目を閉じると、まぶたの裏に広がるあの場面。

ようやく暖かくなり始めた、ついこの間のことだ。

去年に将軍宣下をなさった上様が鷹狩なんてもんを始めるって話で、ちょっとヒマしていたあたしは、珍しいもの見たさでお成行列を見物にいったんだ。けど御腰掛けで休憩なさる上様を木によじ登って遠目で拝んだ刹那、冷やかし半分だったあたしの心地は見事にのぼせ上がった。

八代将軍、吉宗公。

年の頃は三十超えた辺りって話だけど、面差しにはまだ少年の影をお残しだ。

背丈は六尺もあるかな？　女でも小柄なあたしと比べたら大人と幼子。きっちり整えた月代は凜々しくって、しかも召しているお着物はたぶん木綿だ。天下様なのに質素なお着物なんて偉ぶってなくて粋なお心映えだし、折り目正しい着こなしは乙りきで、まあ役者だって顔負けの男ぶり。

そう、役者だって顔負けなのだ。だからあたしなんてさしずめ役者に岡惚れした女みたいなもんで、あの日以来、寝ても覚めても心は上様一色。気持ちの中では『上様』って書いた団扇でも振り回して、きゃあきゃあ騒ぎたいくらいである。おっ母だって生きていたら、きっとあたしと一緒にはしゃいだはず。

それに比べてこのおっ父……。

「置きゃがれ。公方もゴボウもあるかよぉ。どうせロクなモンじゃねえよ、上でふんぞり返ってる野郎なんてよう。んなもんより俺ぁこれからどうすればいいんだって話だぜ。腹が減ったけど銭がねえよぉ」

おーいおいおいと大の字になって泣きじゃくる、四十を前にした無精ひげの男。

我が父ながら本当に情けないなと思ったけど、呆れていても仕方がない。

許状の恩恵に浴せば帯刀もできるし箔も付く。そこであたしらは厚かましく晴明公の子孫であるって喧伝して、そんでもってお客にありがたがられて商売繁盛って魂胆だったのに。

これ、どうしようかな。おっ父がこの調子じゃまた当分辻に出ないだろうし、内職を増やして銭をもらうしかないか。衣食の道は険しい。しょうがないから口には糊して上様を心の滋養に生きていく。

はあと息を吐き出して考えたら、

『許状の件だけどな』

ここで葛忌が首に下げた竹管からぬっと現れた。あたし以外に姿は見えないんだけど、不意に現れるから心の臓に悪い。

『考えていたんだが、心当たりがないこともない』

『あんたに？　人間様の世のことだよ？』

『俺もちっと噛んでるんだよ。晴明の血だ』

葛忌はしくしく泣いているおっ父に目を向けた。

『お前もそろそろ一端の年になったんで明かしてやるが、親父殿は晴明の血を引いちゃいない。だから土御門も怒るか怪しむかで認めないのかもしれん』

『ウソでしょ？　いまさらそれ？』

『そもそも親父殿と清明は似ても似つかん。占いやらまじないの作法も違う』

『ちょっと待ってよ。あたし、おっ母からも確かに言われてんだけど。晴明公の血が流れてるって……』

『清明の血はお袋殿からだ。親父殿は混じってねえ』

いま判明した驚愕の事実。おっ父の血筋は詐称だったのだ。

『起こりからして俺は晴明と契約して封じられた式神だ。晴明の血を親から子へ五十代受け渡せたら、そのときにやっと死ねるってことになっててな。血筋を守らなきゃ、俺は永久に一人で生きたままだ。だから分かる』

『そんな話であたしに憑(つ)いてんの……？』

あたしらの矜持はいったい……。そしてこの泣きじゃくるおっ父……。

ああ、おっ母、人に優しくって言われても、これじゃ難しいよ。

あたしは心底落胆して、その場にへなへな屈み込んだ。おっ父は一晩中めそめそ泣き続け、あたしは一晩中へたり込んだ。

そうしてしばらくは気落ちしていたけど。

――でも、捨てる神あれば拾う神もあるものだ。

この日からしばらくしてお上からお達しがあった。内密の話がある故、千代田(ちよだ)のお城まで来るようにと。何故(なぜ)かおっ父だけでなく、あたしも共にとの仰せ。

「もしかしたらメシのタネかもしれねえな」

「それよりも上様のお側(そば)の空気が吸える」

減った腹と膨らむ期待。二人して揉(も)み手(で)で阿(おもね)りながら話を聞きにいくと、

「そちを大奥の隠密(おんみつ)として使いたい」

との由(よし)が、偉そうなお役人から告げられた。言わずもがな大奥は女の園、将軍家のための奥向である。だから『そち』とはもちろんあたしだ。あたし……。

……これは、起きながら見る夢だろうか。

意味も理由も分からないけど、

「上様のお側にいられる……？」

「娘の御扶持でメシが食える……？」

期待に手の平を合わせるあたしと、江城の広い広い部屋で雷みたいな腹の虫を鳴らすおっ父。あたしたちは顔を見合わせてから前のめりになると、御公儀の偉い人に向かって声を重ねた。

「「毎度あり！」」

おっ父の期待通り、御公儀から出される御扶持は十分なものだった。

あとで聞くとあたしにお声がかかったのもそれなりのわけがあるようで、当たり前だけど御公儀はかなりこちらの人となりを調べていたみたい。話じゃけっこう葛忌のお陰によるところも大きかった。

しかも我が家が土御門家に許状を求めたのも知られており、加えて、あたしが安倍晴明公の血を母方から引いているとも御公儀は承知していた。

なので大岡越前守を名乗るあちら様はそこにかこつけ、

「働きが良好であれば土御門家の縁者という旨を公儀が証(あか)し、そちの父に売卜の免許状を給するよう取り計ろう。しかし役に立たぬと判じたときは即座に大奥から暇を出し、禁秘を守るため江戸払いとす」

との由だけど、上様の件がなくとも仰せつかった仕事はおっ母の遺言である『人に優しく』できるかもって密旨。あたしは悪いことは聞かなかったことにして、勢いよく話に飛び付いたのだった。

とにもかくにも、そうしてあたしは奥入りを果たした。

お役に立って大奥と江戸を追い出されないようにするため。我が家に栄えをもたらすため。そしてなによりおっ母の遺言通りの優しい人間になるため。

長女のあたしが、大奥で励むのだ。

※

つい一月(ひとつき)くらい前なのに、もう懐かしいな。

あれからあたしはあれよあれよって間に奥入りすると、雲雀ってご立派な名前を頂戴して、そのまま津岡様の部屋子になった。さっきも、まあ小さなことだけど鼈甲の櫛の件でお手柄も挙げられたし、ここでの暮らし向きも快調だ。

お登勢さんと話をした帰り、あたしは長局を縦に貫く出仕廊下を気分よく歩く。

夕日に撫でられた頬は茜を照り返し、浅草も千代田も夕暮れの色味は変わらないいんだなと、実家をふと思い出していた。

さ、もう津岡様も部屋におられる頃だろう。今日の件を報せないと。

目を前に戻して少し速足になると、

『気に入らねえ』

廊下を滑るように進む葛忌が、忌々しそうに口を歪める。こいつはいつも仏頂面で、なにかを気に入った方が珍しいんだけど。

『またご機嫌ナナメだね。今度はなにが気に入らないの』

『さっきのお登勢って女に決まってるだろ。あんな撫でもの一つで性根が変わりゃあ世話はねえ。馬鹿げた面倒をやめて、そのましょっ引けば早い話なのに。お前なら簡単だろ』

『まじないなんて、どれも気のもんだよ。なにかいいもんを心に生む呼び水になりゃいいの。偉い人に報せて終わりって優しくないでしょ？』

『知るか。そもそも見固めの意味が分からん』

『あ、葛忌。妬いてんの？　あんたも身固めしてやろうか？』

『呪い殺すぞ』

目元の布をめくり凄む葛忌だけど、残念ながらあたしにとっちゃ飼い猫がにゃあにゃあ癇を立てているようなもので、仕草はむしろ可愛いのだ。悪いと思いつつクスッと笑うと、葛忌は不貞腐れてあっちを向く。怒らせておいてなんだけど、沈む陽に照らされ茜に染まる彼の銀の髪は、あたしの目にとても綺麗に映った。

十年前のあの日、おっ母から式神として渡された妖狐、葛忌。

文句を言いつつもあたしの仕事を手伝って、彼のエサ……、人が絶望や諦めを感じたときに昇る気持ちの塊、『絶念』を食む毎日を送っている。お登勢さんが観念したときに『不味い』と言っていたあれ。

『あれ？』

到着した津岡様の部屋の前。

声をもらして葛忌が足を止めると、障子戸に手をかけたあたしにニタリと笑んだ。

『中に面白いのがいる』

※

長局一之側にある津岡様の部屋。

「前にも話したが、大奥は変わるときを迎えている」

部屋の上座に座するのは八代将軍、徳川吉宗公その人。

そう、その人なのだ。

いきなり現れた貴人。あたしと部屋親である津岡様は御前で、畏まり這いつくばるように、ただ畳に手をついていた。

『だけど、なんでなんでいきなり。先触れもなくいらっしゃるなんて……』

『お前、俺には偉そうなのに、この男の前じゃ借りてきた猫になるんだな』

葛忌は頭を下げるあたしの横を通り、堂々と上様の前に歩いていく。

『に、しても、この胡散臭い中年のなにがいいのか俺には分からんなあ。お前の親父殿の方が人間！　って感じがして好きだ』

『化け狐の目で人を語るのやめな』

あたしは平伏しながら葛忌に尖った声をぶつけた。

チラと目をやるとあいつ、あたしへの当てつけか。人に見えないのをいいことに、ニヤニヤして間近で上様を舐めるように見つめまくっている。なんて羨ましい……、もといけしからん……！

「苦しゅうない」

上様はそんな無礼な妖狐など露知らず、お手本のような居ずまいで微笑まれた。座っていてよかった。立っていたら腰が抜けている。

「面を上げよ。秘中の役を共にしている三人だ。堅苦しいのは無用」

お声も凛々しい。あたしはお言葉に甘えてゆっくりと頭を上げたけれど、気持ちの高まりに、油断したら随喜の涙がこぼれそうだ。

「さて、雲雀」

「ははははい！」

なんとか声だけはと、正気を保って返事をする。これ、直にお話ししちゃっていいやつなのかな。いや、これで直答しないとそれこそご無礼だし……。

「此度は大儀であった。御三之間の小競り合いとは言え、小事の内に首尾よく処置できたのは戦果だ。これから大きなことが起こるかもしれぬ故、励むように」

「それそれそれはもう！　やってやります！」

気持ちがおかしくなって頭上で拳を握ったら、斜め前に控える津岡様にペシッと膝を叩かれた。そんな風に諫められたって、憧れの君を前にして心地を保っていられるほど人間できちゃいないのだ。

「よい、津岡。そのくらいイキの良い方が頼もしい」

「は……。恐れ多くございます」

平服する津岡様。たぶんあたしはあとでお叱りを受ける。上様はハハハと笑ってやり取りを眺めてから、改めてあたしたちを見渡した。

「越前から聞いておると思うが。公儀の台所事情が豊かとは言えん昨今、すまんが奢侈と揶揄される大奥にも手を入れざるを得ん。先年に将軍に就いてから倹約を奨励し人も減らしているが、こういった急な制の改めには歪も生まれるものだ」

「心得てございます」

津岡様が頭を垂れて返事をすると、上様は手の平でご自分の頬を撫でて続ける。

「もちろん津岡には信を置いているが、大奥は伏魔殿。市井から見れば華やかだが、内実は権勢の回廊だ。大事が起きても権力によって隠し立てられ、怪異の仮面を付けたのち有耶無耶にして棚上げにされる。分かるな、雲雀」

「こ、ことを怪異として済まさぬのが、あたしの役目と心得ます」

やっと心地が戻ってきたあたしは、なんとか会話の中身を考えて返事をした。上様は満足そうに頷き、またあたしはクラッとする。

「そもそも俺は怪異など信じん。ものには必ず説明の付く理屈がある。陰陽師の端くれ……、それもかの安倍晴明の末裔であるなら、女だてらその手合いの扱いは慣れていよう。占いにかこつけ、怪異を暴いてきたと越前から報せを受けている」

怪異を見破る扱いに長けている。

それが、あたしがこのお役目に選ばれたわけ。

本物の怪異に憑かれているのは笑えないけど、確かにあたしは葛忌の目を借り、おっ父に悩みを打ち明ける人たちを助けてきた仔細はある。中には放置すれば怪異として扱われそうな件もあった。

謎を怪異で済まさない、しかも『高位女中の部屋子』という建前が自然な若い女であれば、江戸でも人が多くなかったのだろう。

「なにせ大奥では初めての試みでな。期待を裏切るな、雲雀」

「……あの、あたしなどに、過分なご高評でございます」

あたしは乾いたくちびるを舐める。

「えっと、なんせウチのおっ父がしているのは声聞師の真似事みたいなもんで、あたしはその手伝いをしていただけで……。ウチの商売、なんでも有りのごった煮みたいなもんですので。怪異を暴くなどとは大げさな……」

「声聞師？」

上様が怪訝な顔をされた。

「おぬしの父が求めたのは土御門の……、要するに陰陽師の許状であろう。それは陰陽師とはまた違うのか？」

「違うというか、なんと申しましょうか。古来より陰陽は学や技量を伴う官職、声聞師はあたしらみたいな衆人由来の芸事も含んでおりまして、線引きはなんとも言えない曖昧なところで……」

「ならば問題あるまい」

上様は鷹揚な笑みで仰った。

「浅学な俺が知るくらいだ。声聞師？　よりも陰陽師の方が通りも良かろう。奥向の中だけの戯言めいたこと。これからは大奥の陰陽師を名乗るがいい。安倍晴明の血に相応しいし、なによりおぬしに怪異と名の付く歪みが自然と集まってくる」

「は……、ははっ」

「ならば大奥の陰陽師よ」

上様は立ち上がると、あたしを見て微笑まれた。

「公儀の内意を受けたおぬしはもう既に俺の御庭番だ。大奥の縫い目が見える側に立ち、目立たず歪みを正していけ」

「かな、必ずや！」

「頼むぞ。陳腐に聞こえるかもしれんがな。俺は天下万民の笑み顔が見たいのだ」

※

あの一言はずるい。

だって御身は木綿なんかの質素なお召しものを着て、大奥にも倹約を迫って、そうして御公儀の据わりをよくしようとなさるのは、市井のみんなの笑った顔をご覧になりたいからって意味でしょ？　決して吝嗇(りんしょく)なわけじゃないのだ。

あれを聞いたとき、あたしは自分の顔がにわかに熱くなったのを確かに感じた。あたしと同じく天下様だって目指すなにかがあるのだと思うと、ただの憧れが他のなにかに変わった気がしたのだ。魂からなにかが萌(も)え出(で)そう。

ただ、やっぱり恋とは違うんだよね。

おっ母があたしに向けてくれていたような愛情でもない。

なんというかお釈迦様なり仏像なりを、尊い尊いってありがたがって喜ぶのと似ていると思う。役者の錦絵なんかを拝んで、気持ちが眩むのを拗らせた感じ。


そんなことを思いながら、上様をお見送りしたあと。

あたしと津岡様は夜風に当たろうと、庭を眺め部屋の縁框に腰を下ろしていた。

最初あたしはうしろに控えていたけど、津岡様がとなりをトントンと叩いて誘うものだから、失礼して隣り合っているのだ。月明かりに照らされる彼女の横顔はきりっと整っていて美しく、幼顔のあたしとは正反対の面差しだった。

「そなたといると寿命が縮まるわ」

温い風が吹き抜けると、津岡様は魂が抜けた面持ちで言った。戯言めいた口ぶりながら、ちょっと本音が含まれているっぽくて小恥ずかしい。ただ悪意は込められていなくて、あたしはアハハと頭をかいて応じた。

津岡様、年の頃は四十……、よりは手前かな。おっ母が生きていたら、たぶん同じくらいの年。切れ長の目は鋭く、いつも凜とした気配をすらりと纏う。初対面から仕事のできそうな人だと感じていた。

「あの、でも。笑われちゃいましたけど、上様からはお褒めに与りましたし。ほら、励むようにって。もし今度があれば、もっと上手くお話しできる気はします」

「そちらはいいが、作法の方をもっと身に付けなければな。そういうところ」

津岡様は、縁框から下ろしブラブラさせているあたしの足を指さした。対して津岡様は背中をしゃんと伸ばして、涼しげに敷物の上に座している。

「仮にもおぬしはわたくしの部屋子。行儀見習いとして作法はきちんと覚えてもらう。お役目の重さは分かるが、上様に粗相があっては他に示しがつかぬ」

「うひー」

一番苦手なものを突き付けられ、あたしは顔をしかめた。あたしのしかめた顔を見て津岡様も顔をしかめ、それから二人してくすっと笑った。

あたしは御公儀から特別なお役を拝命しているけど、大奥を忍ぶ仮の姿は老女、津岡様の部屋子である。

老女と言ってもこの場合はお婆ちゃんの意に非ず、大奥御年寄という職名。また部屋子とは御公儀からの雇われではなくって、行儀見習いなどの名目で、上位の奥女中が養育している者を指すのだ。

「で、雲雀。御三之間の件だが」

「櫛の？」

あたしは足を縁框に上げながら、神妙な口ぶりになった津岡様に問い返す。

「そう。その一件、落着には管狐の力を使うたか？」

「……使いました」

「気取られてはおるまいな？　上様にも」

津岡様は鋭くあたしを睨み付けた。あたしが息を呑みコクコク頷くと、彼女はふうと安堵の息を吐き出し、目を前に戻す。

「ならいい。管持ちをよく思わぬ者も多い。それでなくとも……」

「その式神は万の兵にも匹敵する危ういもの、ですか？」

「……覚えていたとは感心だ」

津岡様は面持ちを変えずに言った。上様からあたしの面倒を任された責任もあるだろうけど、なにかあれば折に触れて気にかけてくださる。厳しさはあるけど確かな温かみも感じる人。

「おぬしの力を知ったときは魂消たわ」

考えていると、また息をつく津岡様。

庭からはか細い虫の音が鳴り、夜気と混じって耳へ届けられた。

「式神を使い命なきものの憶えを覗(のぞ)けるなど。正気では誰が信じようか」

「津岡様は信じてくれたじゃないですか」

「実際に言い当てるところを、目の当たりにすればな」

津岡様は面持ちを緩めてふっと相好(そうごう)を崩した。

目の当たりにすれば。

彼女の言うそれは、十日も前になるだろうか。

曇天模様で今日よりもじめっとした日だった。

大奥入りしたばかりのあたしは、早くも自分の御奉公に悩んでいた。

だって昨日もその前も長局は泰平そのもの。果たして自分はここに必要なのか、なにもしないで毎日髪を島田(しまだ)に結って、上等な着物を着て、おまけに禄(ろく)までもらって、よもや泥棒と誹(そし)られないだろうかと、勢いで奥入りした自分が恥ずかしくなってきたところだった。

でもその日は朝から部屋の前がなにやら騒がしい。ひょっこり覗きにいけば、どうも障子戸の外にネズミの死骸が置かれているとのこと。

口さがない部屋方のみんなは、津岡様と折り合いの悪い初野(はつの)様の嫌がらせだとネズミの死骸を取り囲んでいた。だけど少し違和を覚えたあたしは葛忌に頼んで、軀(むくろ)に彼の力を使った。

意外にネズミの死骸を嫌がった葛忌をなだめすかし、彼が見た『ものの憶え』は、ブチの猫がこの軀を運ぶ姿。その由を聞いたあたしは、大いに焦った。

だってこの件で津岡様と初野様の衝突があっては大変だ。真実が明るみに出れば、誤認のある津岡様に分が悪い。あたしは急ぎ津岡様に注進した。

最初は相手にされなかった。いくら説明しても正気を失った小娘の戯言と受け止められていた。ときがなく、説得する代(しろ)を揃えられないのが悩ましい。

やがて津岡様がみんなを説服し切れず熱気に当てられ、初野様の部屋へ質(ただ)しにいこうとした、まさにそのときだ。あたしが告げたブチの猫が津岡様の足元に、ひょいと新たなネズミの死骸を置いていったのは。

「——あれから、わたくしは考えた」

津岡様は前を見て、月明かりを浴びたまま言った。

「おぬしを選んだ御公儀は正しかったが、見方を誤っていた。御公儀が考えている以上に、この娘は特別なのだと」

「大げさでは？」

「己の価値を知れ」

津岡様はじっとあたしを見た。

「上様が仰るようにここは変わらねばならん。大奥を含め御公儀が据われれば経世済民が、力が弱まれば戦国に倣い世も危うくなる。ならばわたくしは大奥の老女として、いまはおぬしを全力で守り務めを果たさせねばな」

「おかたじけで、ございます」

そこまで思ってもらって、ちょっとこそばゆい。

「おぬしの力がもしも謀反人などの手に落ちたらと思うと、そら恐ろしいからのう。憑いているという管狐にも、式神らしくおぬしを守るようよろしく伝えておくれ」

「……ここにいて、聞いてます。仏頂面で、じっとあたしたち見ながら」

「――ふ。どうりで」

津岡様は片頰に笑みを浮かべて振り返る。

「さっきから背中の辺りに、得も言われぬ怪しげな気配を感じておった」

「目の前の庭にいますが」

「とにかく」

津岡様はあたしを見ずに言った。

「わたくしの御公儀への忠義は、おぬしへのあと押しで示す。そなたが拵えていく風聞が、何者かの企てごとを思(おも)い止(とど)まらせる力になるかもしれぬ」

「はいっ！」

あたしは津岡様の言葉が嬉(うれ)しく、歯を見せて応じた。

だけど彼女は渋い顔をしたまま、こう続けたのだ。

「が……。力の話をもらすな。上様にも。みだりに使うことまかりならぬ」

※

翌日の昼。さっそく葛忌を使うときがやってきた。

しかも怪異である。まさに昨日、上様が仰っていたやつ。これは手柄を上げてまたお褒めに与る好機……、もとい大奥の治安を揺るがす一大事だ。


長局、二之側のとある部屋。

昼前に八畳ほどの畳部屋にお邪魔すると、控えていたのは大奥でもなかなか見ないほどの垢抜けた見目麗しい女性だった。名をお楠様という。

　お役は将軍付きの御中臈。上様が大奥へいらしたとき、なにくれとなくお世話をするのが務めの羨ましいお方。そして恐れ多くも、御中臈はみんな上様の側室かその候補なのだ。

　お楠様は敷物の上に正座し、

「津岡様のところの、雲雀さんね？」

と、にっこり微笑んであたしを迎えてくれた。

肌は渋皮の剝けたようにように白く、パチパチと瞬く長いまつ毛で目元は涼やか。腰巻姿で、二十歳前くらいかな。笑みを浮かべると頰に控え目な片えくぼができて、菊松の紋様があしらわれた白麻地の帷子がよく似合っている。

『卑屈にならなくてもいい。お前の顔も面白い』

『あんたに好かれたくて面白いわけじゃないの』

あっちとこっちを見比べる葛忌に返事をして、あたしは畳に直に座る。手をつくと、頭を下げてお楠様に挨拶をした。

「お初にお目にかかります。占いの御用で参上仕りました。津岡様の部屋子の雲雀でございます」

「御中臈の楠です」

会釈をしつつ、お楠様はにっこり穏やかに口角を緩めた。

「――よかったわ。どきどきしていたけど、雲雀さんが可愛らしい人で。市井の卜者って、ちょっと恐そうだから。占いは好きなんだけど」

「そんなそんな。お楠様に言われたら……。あたしもお楠様がお優しそうで、心地が軽くなりました。御中臈の方に粗相で怒られたらって、心配だったものですから」

「ふふ。まさか」

お楠様は肩をすぼめた。

「実は御中臈なんて、まだぜんぜん実感がないの。ついこの間まで御広座敷よ」

「お楠様が広敷向にいたら、表のお役人なんて骨抜きですね」

ウシシと歯を見せると、お楠様は「あら」と袖で口を隠してウフフと笑んだ。同じように笑っただけなのに、なんだかひどく差を感じる。顔が面白いからだろうか。葛忌があたしを指さして笑っているのも憎らしい。

「ところで、ねえ、雲雀さん」

彼女は柔らかい面持ちのまま、じっとあたしに目を据えた。美しい眼差しが眩しく顔が茹で上がりそうで、あたしは斜め下に目を逸らす。

「あのね、わたしの相の間にお美代って子がいて、もしかするとって言っていたんだけれど……。あなた浅草で有名だったたっていう、陰陽小町さん？　お客のあらましを見てきたように言い当てて、困りごとを片付けていたっていう……」

「……んと、……おっ父の商売を手伝ってただけで……」

「じゃ、やっぱりそうなの？　占いとか、人の相談に乗っているときは特に……、可愛い顔が別人みたいに凜となって、ものを言い当てるって」

「……たぶんあたし。でも褒め過ぎです……」

自分で言う分にはいいけど、人に言われたら照れ臭い。

あたしは指で頰をかき、窺う目をお楠様に向ける。

すると、何故だろう。戸板を返すように、彼女の面差しが変わっていた。

さっきまでこちらを向いていた、あの柔らかだった眼差し。それがいまは侵しがたく、決意を孕み、真剣で、お侍みたいに気迫すら感じる目に。

「あの……、お楠様？」

「雲雀さん」

突然。

お楠様は敷物から尻を浮かせると、畳に膝を擦らせてあたしに迫った。

えっと驚いて退くように背を伸ばすけど、お楠様はあたしの様子にかまわない。彼女はあたしの間近まで間合いを詰め、その華奢な両手であたしの手を取った。

「わたしを、助けて……！」

お話は伺いますから。

あたしは声で撫で、とりあえずお楠様を落ち着かせていた。

彼女はあたしの促しで敷物に戻って腰を下ろしたけど、それにしても驚きだ。

同時に尋常じゃない占いへの重みも感じてしまう。あたしが陰陽小町であると認めた途端だったし。穏やかな様子から一転してのあの焦りようは……。

「ごめんなさい、雲雀さん。取り乱して……。わたし、とても、困っていて……」

「お悩みのお辛さは、さっきのご様子で分かりました。少しでもお役に立てるよう微力を尽くしますので。なんなりと」

あたしはそれこそ相の間みたいに正面に座って、せっせと彼女のお召しものの皺を直し、少しだけ乱れてしまったお髪を整える。こういう作業は嫌いじゃない。

「……初めて会うのに、ごめんなさい」

「いいえ。これも大奥のためですから」

秘密のお役目にも通じているしね。あたしが心の中で付け足したら、

「大奥の……」

と、小さく心許（こころもと）なく……。気のせいだろうか。お楠様が繰り返したその言葉には、なんというか、まるで嘆息をする陰りが見えた感じが。

「お楠様？」

「あ、いいの。ご無礼しましたね」

お楠様は目を細め、落ち着いた調子であたしを見つめた。あたしが部屋に入ったあと、すぐに見せてくれた美しい顔立ちだった。あれだけ取り乱したあとなのに、すっかりなかったように。――きっと心に反し、面持ちを拵えている。

そう勘が働いた。伊達（だて）におっ父の手伝いをしてきたわけじゃない。

「それで、あの、雲雀さん」

「ええ。占い、ですよね？　まず事情をお聞かせ願えれば」

「そう。とても不思議で、困っていて……。今朝のことなんだけれど……」

お楠様が前置きして語り始めた筋に、あたしは耳を尖らせせじっと聞き入った。

話の始まりは、初野様というお楠様の世話親から。

初野様はネズミ騒動のとき、津岡様と折り合いが悪く疑いをかけられた御年寄。

その初野様はサネという黒猫を飼っており、寝ても覚めてもサネ、サネ、サネと大変な可愛がりよう。生まれつき喉でも悪いのか鳴かない猫で、それでも健気に懐いてくるのが愛らしいのだとか。

首には紅絹の平紐を結び銀の鈴が飾られ、食事は貝を模した瀬戸物の器から初野様がお下を自ら分け与えるほど。生類憐みの令なんてあたしが幼子の時分に仕舞いのお触れが出ているのに、話を聞けば大したお猫様である。間違いなくおっ父よりいいもの食べている。

そして今日の朝、このお部屋にそのお猫様がやってきた。

と、言っても別に珍しくもなくサネはお楠様にいたく懐いていて、ほぼ毎日ここへ遊びに来るようだ。

お楠様はそのとき、相の間のお美代さんと部屋でお喋りをしていた。猫が体を擦り寄せてくると、二人はいつもの通り手遊びで戯れるが……。

「パッ……、と消えたの」

お楠様はいきなりを表して、手の平を上に開けた。

「消えた？　なにが？」

「おサネさんが。わたしたちの見ている前で、元からそこにいなかったように。こう……、あごの下を撫でているときに。忽然と」

「え？　え？　見ている前で？　撫でている最中に？」

「そう。いきなり消えて指が宙をかいて、驚いてしまって。それからおサネさんは行方が分からずにいるんです。半日ほどいないのはいつものことだから、まだ騒ぎにはなっていないんだけど、でも夕刻にはいつも初野様のところへ戻ってご飯を食べるから、間もなくおかしいと気付くはず」

「で、消えた猫の居場所を占うと？」

問いかけに頷くお楠様。だけど、当たり前に腑に落ちない。

だって、有り体に考えてそんな話ある？　目を離した隙に消えたってのなら分かるけど、撫でているときに消えるなんて。お楠さんとお美代さんが見紛えたか、ウソをついているか、誰かに手妻で誑かされたか……。

「あの、……飼い主の初野様のお耳には？」

「……もちろん、千鳥の間にお報せに行ったわ。でもわたしの言うことは信じず、見紛えたのだろうと。だけど、わたしはお美代と一緒に消えるところを見たの。あれが間違いのはずがないのよ。なのに、わたしは気が弱いし、ご恩のある初野様に強く言えなくて……。どうしようと思っていたら、津岡様が雲雀さんの名を」

お楠様は訴えるように、また前のめりになった。

あたしは聞き終わり、また小首を傾げてうーんと腕を組む。

猫の神隠し。まさしく怪異だ。

――言葉が真なら。

なるほど。猫がこのまま戻らなければ、この話は大奥に残されている幾多の怪談話の末に並ぶだろう。不思議だったね、おっかないね。一件が落着を見なかった場合は、きっと大奥の噂好きの間で語り継がれる。

そう考えて頭の中に蘇るのは、昨日の上様のお言葉だ。そしてあたしは上様にお答えした。怪異を怪異として済まさないのがお役目だと。津岡様もその辺りを了見して、あたしに話を寄越している。

『葛忌』

あたしはムムム……、と精いっぱいの難しい顔で考える仕草をしつつ、お楠様のうしろへ立つ葛忌を呼ぶ。

『ちょっと雲行きが怪しい。悪いけど、この部屋の憶えを見ておいて』

『部屋か、広いな。誰かしらから絶念は取れるのか？』

葛忌はいつもの仏頂面で腕を組む。

『まだ分かんない。けど、たぶん誰かからは取れる。……気がする』

『乗った』

葛忌はニッと欲深そうに相好を崩すと、目元の布をめくって部屋を見回す。瞳はまるで提灯(ちょうちん)で周囲を照らすように青光りしていた。これでたぶん、猫が消えたってときの様子は分かるだろう。

「分かりました。お楠様」

あたしは姿勢を正し、お楠様を正面に見た。

「一度部屋に戻って、占うために身を清め備えをまとめます。ですがお話にあった大掛かりな怪異が相手だと、道具を揃えるのも時間がかかりますので、しばらくお待ちください」

「しばらく……。かまいません。明日になっても」

「でも、まさか猫の居場所探しなんて」

あたしは彼女を見つめる顔から、ふっと力を抜く。

「あたしはてっきり、お楠様は恋占いをご所望かと思っていました。なにで占おうか楽しみだったんですけど」

「恋占い……、できるんですか？」

白皙の面差しの中、お楠様はその大きな瞳をパチパチとさせた。

「あたし、見た目はこれでも、浅草じゃ恋占いで贔屓にされてたんですよ。あたしが占った縁談はだいたいまとまるので」

「え、じゃあ……」

乗って来るかな？　将軍付き御中臈の恋占い。

――もとい、もしかしたらのカマかけに。

あたしは心の中で身構える。けど期待に反し彼女は肩を下ろして、寂しそうな目であたしを見つめた。

「……やっぱりよすわ。わたしは上様付きの中臈だし。それに、いまはおサネさんを探さないと……」

言葉を選びながら答えるお楠様。

意味ありげな面持ち。そこに秘められたものに思いを巡らせていると、

「おお楠ぅ――――――っ！」

破れ鐘みたいな声が響き、ピシャッ！　と、背後の障子戸が乱暴に開く。慌てて振り返ると、重い足音で肩幅の広い年配女中が立っていた。

吊り上がった目を血走らせる彼女こそ、お楠様の世話親である初野様。消えたとされるサネの飼い主だ。普段から伝法な感じだけど、今日はまた一段と凄まじい。

「あんたは……、津岡殿のところの……」

初野様は切らせた息であたしを一瞥したあと、

「いや、いまはどうでもいい。それよりもお楠！　これ、どういうことか説明してちょうだい！」

嗄れ声を噴かして袖から畳まれた紙を取り出すと、初野様はものの例えではなく、本当に力士の張り手を思わせる勢いでもって、それをお楠様の前に叩き付けた。畳が揺れ、あたしの体が少し浮いた気すらする。

『おっ。修羅場か』

『楽しそうにすんじゃないよ、葛忌。あたしゃ恐ろしい』

怪異なんかよりよほど心の臓に悪い。おっ父なら泣いてそう。

お楠様の前に叩き置かれたのはどうも捨文で、初野殿と宛名が記されている。

「あの、初野様。これはいったい……？」

「中を読みな」

初野様は顔で威圧する。お楠様はそっと文を拾うと、ぱらぱらと開き広げて目を這わせた。

「――初野殿。明日の暮六つまでに楠を罷免せよ。さもあらざらば猫の命はあらず」

平坦な声で読み上げ、仁王立ちする初野様を見上げるお楠様。面差しは呆気に取られたという態で、なんとも言えない。

「あの、初野様。これは、どういう……」

「どうもこうもないよ！　明日の暮六つまでにあんたに暇を出さなきゃあ、サネが殺されるって話だろ！　こりゃどういうこったい！」

「いえ、初野様。わたしにもなにがなんだか……」

「どこぞで恨みでも買ったんだろ！」

初野様は喉元に突き付けるように言葉を吐き出すと、そのまま屈み込んでお楠様と目の高さを合わせた。

「あんたね、あんた……、わたしがどれだけサネを可愛がってるか知ってるね？」

「も、もちろんでございます」

お楠様は畳へ手を付き、初野様から気まずそうに目を逸らした。ん？　と思って見ると、最初は鬼瓦みたいに見えた初野様の目には涙が滲み、気付くと尖っていた面持ちも既に崩れ、怯えにも似た目尻の皺が耳元まで広がっていた。

『鬼の目にも涙ってやつだな』

『あんたいい加減にしときな』

葛忌を睨み、あたしは自分の身の置きどころに迷う。部屋から退散するのがいいのだろうけど、お役目を果たす上ではここに留まるべきな気がする。あたしはなるべく気配を消し、すごすごと部屋の隅へと引っ込んだ。

そして、こういうときこそ忘れちゃいけないのが、葛忌への頼みごと。

『ねえ、葛忌。あんたあの脅しの捨文も見ておいて。なんか分かるかも』

『馬鹿言うな、さっきやったとこだろ。短い間に二度目なんてお前、傷口に指を突っ込まれた生々しい痛みがだな……』

『絶念、食わせないよ』

『……お前にゃお袋殿の遺言なんか果たせねえよ、クソ』

への字に曲げた口に不服の色を漲(みなぎ)らせ、葛忌はそっと屈んで捨文に触れた。そのちに苦しげに呻(うめ)きながら七転八倒(しってんばっとう)し始めたけど、あとで謝ったらこいつは済むはず。

それよりいまは初野様とお楠様だ。

「ねえ、お楠」

初野様は最初の金切り声から一転した語調で、それこそ猫を撫でるようにお楠様の肩に手を置いた。

「重ねて聞くけど、あんた誰かに恨まれでもしてるのかい？」

「い、いえ。身に覚えがなく……」

「そうかい。けどね、現に脅しの便りがこうして、わたしの元に来てる。御不浄にいこうと思ったら、千鳥の間の襖に挟んであったのさ」

千鳥の間とは、御年寄が控える御殿向の部屋。数人いる御年寄は交代でその部屋に詰め、大奥の了見としてあらゆる差配を振るうのだ。

「ああ、わたしも馬鹿だったんだよ。あんたが相談に来たとき、あんまり妙な話で相手にしなかったからさあ。けど、こんな脅しが来たからには、指くわえて見てるわけにはいかないよ」

初野様はそう言って、がっしりと包むようにお楠様の手を両手で握った。

「初野様……」

「もしも、だよ。もしも明日までにサネが見付けられなきゃ、お楠。あんた悪いんだけど大奥から身を退いちゃもらえないかい？　わたしが御中臈に引き上げてムシのいい話だけどさ。あの子はわたしにとっちゃ自分の子も同じなんだよ」

「元より、……わたしの目の前で起こったこと。見付からなければ暇を乞う覚悟はできておりました」

お楠様は息を吞み、初野様の目を見返した。

「すまない。後生だよ。暇金に色を付けるし、奉公のクチはわたしがいいのを必ず見付ける。それに大奥のものなら、あの葛籠に入るだけ持っていってかまわない……」

葛籠……。

と言いながら、初野様は左右を見回した。

「ん、あれは？　片付けもしないでそこ置いてた、大きい漆塗りの背負い葛籠」

「あれは……、すいません、壊してしまって」

「そうかい。ならわたしの葛籠をやるよ。あれよりもっと大きいやつを」

初野様はすっくと立ち上がると、お楠様を見下ろして腕を組む。

「悪いけどね、ことによっちゃそういう仕儀になると、腹を括っておいておくれ。もちろん明日までに見付け出して、なんとかおサネを助けないと……！　でも鳴けないあの子をどうやって呼んだら……！」

初野様は呟きながら親指の爪を嚙み、くるっと障子戸の方へと振り返る……、その途中だ。部屋の隅に避難していたあたしと、音が鳴りそうなほど見事に目と目がぶつかった。思わずへらりと引きつる笑みを浮かべるあたし。

「ああ、そう言えばあんたもいたんだね。見苦しいとこ見せてすまないね」

「とんでもございません。ご心労のほど、お察しいたします」

「畏まらないでいいよ。あんたんとこにゃずいぶん嫌われてるみたいだけどね、よかったら猫を探してくれないかい。鳴かない黒猫で、おサネって名前の」

「もちろんでございます。このあとすぐにでも」

あたしはお楠様からの頼まれごとを黙っておいた。とりあえず余計なことを言わない方がいいと思ったから。

「頼むよ。廊下のお仲間にも言っておいて」

「廊下の？」

「ん？　違うのかい？　廊下でこの部屋を窺ってる感じのがいたけど」

※

誰だろう？

初野様はあたしと関わりのある者と思っていたみたいだけど、もちろんこっちはなにも知らない。身一つとバケモノ一体でお楠様の部屋を訪ねた。

ってことは、さっきの脅しの捨文となにか……。

『必ず絶念を取れ』

お楠様の部屋からの帰り。考えごとをしながら長局の外廊下を歩いていると、葛忌が心から不機嫌そうにあたしの隣に並んだ。

『分かってるよ。そろそろ機嫌直しなよ』

『軽く謝って済ますな。続けて目を使ったらお前、どんだけ痛むか分かってないだろ。二度とすんな』

『しょうがなかったじゃないの。怒らないでよ、もう』

『それでなくても、こっち来てから目をよく使うんだ。こういうのは蓄積して……』

気を腐らせる葛忌。けど怒気はこちらに向かず、しきりにうしろを気にしている。

『？　うしろになんかあるの？』

『――いや……。それより分からん。さっきのあの女、どうして初野ってババアに頭が上がらないんだ？　ご恩がどうとか、世話親がどうとか。文句があれば殴ればいい』

『大奥の中じゃね、人の関わりは複雑なんだよ』

世話親とは簡単に言えば後ろ楯で、奥女中の出世にはその世話親の力が関わりを持ってくる。世話親の方も、例えば御中臈に引き上げた女中が上様のお子でも産めば僥倖だ。大奥で権勢が大きく増す。

お楠様の場合は、初野様が世話親として後ろ楯になり、恐らくは美しさを買われ御広座敷から御中臈に取り立てられた。もちろん上様のお子を産むことを願って。だから、まあ、二人はそういう関わりを持っているというわけだ。

『くだらん』

葛忌は陰を滑るように歩き、吐き捨てた。

『色んな人がいるんだよ。だから歪みも出てくるの』

『お前の跡を付けたりするやつも、か？』

葛忌の言葉で背筋が伸びる。

『――なんの話？』

『二回も目を使って曖昧にしか分からんが……。カンが戻るのに合わせて、妙な気配を感じるようになった。うさん臭くて、どす黒い感じの悪意の塊。もしかすると昨日もいたかもしれん。なんか狙われる心当たりがあるか？』

『あんた以外じゃないね』

と、言いつつ、あたしは初野様の言葉を思い出す。

そして悪意を以て跡を付けられているという葛忌の言に、あたしはうなじに薄ら寒い心地が迫るのをひしひしと感じた。——おっ母に助けられたあのとき……。

思い出し、身震いがする。

気配に対する恐怖ではなく、おっ母の生温かい血を……。

あたしはこのとき、自分の手を見るのが恐かった。ぬめり気を帯びたあの赤が手にべったりと滴り、夕日を反射していた様が頭の中に蘇る。

あたしは手を袖の中に隠して、怖気を振り切るように葛忌に目を向けた。

『……葛忌。その気配って、お楠さんと関わりある？』

『分からん。目を使った影響で場所も摑めん。いざってとき、俺が体に入れる備えはしとけ』

完全ではないとは言え、こいつはバケモノらしく人の気配には敏いはず。なのにその網を搔い潜ってあたしに悪意を向けられるとは、相当かもしれない。

なんか、変なことに巻き込まれてないといいけど……。

※

津岡様の部屋の障子戸を開けると、

「あぁら、お嬢。お帰んなさい」

白髪も混じり始めた年配の部屋方、お滝さんが笑み顔で迎えてくれた。掃除の最中だったのか羽ぼうきを手にした彼女、うっすら額を湿らせている。

お滝さんは小柄だけど気の回る働き者で、津岡様の部屋の一切を仕切る腕っ扱きだ。

ただあたしを良いとこの娘っ子と紛えているのかお嬢呼びなので、九尺二間のドブ板長屋ですぐ泣くおっ父と暮らしていたことは、墓まで持っていこうと決めている。

「はあ、初野様ですか」

お滝さんはあたしの質問に、口元に巻いた布をずり下げて応じてくれた。

古株で顔の広い彼女は長局で噂話の集積所だ。初野様を切り口にすれば、自然な流れで話の種はお楠様まで広がるだろう。

「そうなんです。さっき二之側で猫がいないって大騒ぎになっていて」

「ああ、猫の件ですねぇ。さっき部屋のお人が聞きに来られましたよ。かどわかされたとかなんとか……」

「……なるほど」

そこまで話が回っているのか。

「全くねぇ。物騒は昔からですけど、最近は露骨になったもんです。でも初野様だって自業自得のとこありますよぉ。普段からアコギなマネばっかりなさるから」

「猫のこと、初野様が恨まれているからでしょうか？　他の……、例えば初野様の世話子が誰かに恨みを買っているとか……」

「どうでしょうねぇ……」

お滝さんは中空を見つめ、うーんと唸った。

「あんまり知らない人ですけど、お楠様なんかは評判よろしくありませんねぇ。御広座敷から御中臈になったってお方ですけどねぇ、同じ初野様の世話子に疎まれてるとかって話は聞きますすけど」

「……どんな風に？」

難なく目当てが釣れたので、あたしは身を戸の端へと寄せた。お滝さんも一緒に端に寄り、「えーと」と、覚えを辿るように考え込む。

「あの方の相の間のお美代と、あたしゃちょいちょい話をするんですよ。お美代はお楠様のご実家の女中でねえ。お世話係として大奥へ寄越したらしくて。でもお楠様ってのは内弁慶なのかねぇ、他と喋りもせずに縁のあるその娘とばっかり語らうもんだから、疎まれてるって沙汰で」

と、まあ、色々と噂話を聞いたけど……。

「最初の以外は……、はっきりしないものばっかりですね」

実体のあやふやな風聞ばかりで、潜んだ黒い悪意にげんなりだ。

実家の力で御中臈になった、表の役人と逢引きしている、果ては初野様を脅して御中臈になったとか。お滝さんだって「ですねぇ」と、苦笑い。

「大奥はとにかく口の端に掛かる場所なんですよ。まあ、お楠様はあたしも遠目で一度拝見したきりですけどねぇ、あんだけ器量良しが御広座敷なんかやってりゃ、表の役人との噂は立てられるでしょうねえ。まだお清らしいですけど、それもなにを言われているか」

表の役人とは、平たく言えば大奥の広敷向に詰める男のお役人のこと。

広敷向は表使いというお役の女中が矢面になって外界と交わり、お楠様が拝命していた御広座敷は表使いの下働きである。

「色んなお女中がいるんですよぉ。お清のまま出世したい人やら、上様の寵を得ようと妍を競っている人やら。でも出世したらしたで、変な噂は立てられるは、天下の大事に巻き込まれるはで大変でございますよぉ」

「天下の大事？」

「先年の春先に次の将軍を決めるってときですよぉ。ここも大騒ぎでしてねぇ。大奥のお偉方も将軍候補にいっちょ噛みしたんですけど、意見が分かれて大ごとになって。それについても、ずいぶん変な噂が流れたようですし」

「世間じゃ華々しく語られてるのに」

あたしが見た限りでも部屋同士の諍いもあり、お偉いさんの確執もあり、惚れた腫れたの物語もあり、決して上様の名の下で一枚岩になっているわけではない。どこの世も人が生きる場所は単純じゃないのだ。

「ま、お美代だって、こんな噂ばっかり立てられる大奥にイヤ気が差してるみたいですねぇ。もう帰りたいってボヤいてましたよぉ」

「お美代さんが……」

頭にある考えが閃く。けど……、まだだ。お楠様の部屋でこちらを窺っていたって人も気になるし、葛忌にも話を聞いていない。

「あのね、お滝さん。実は……」

お偉いさんから占いを任されている。

あたしはそう事情を告げて二階を借りると、お礼を述べて階段をとんとんとんとんと上がっていった。お滝さんは津岡様からあたしの占いその他に便宜を図るよう仰せつかっているので、時間と場所が要るときはありがたい。

ちなみに長局は総二階建て。特に御年寄の部屋では一階に主人の縁座敷や次の間、上の間や、部屋方が詰める控えの間や渡りなどが並ぶ。部屋子や部屋方が起居するのはもっぱら二階だ。

『じゃあ、葛忌』

あたしは二階にある畳部屋の一室で障子を閉めると、中央の畳に腰を下ろした。

『さっきなにが見えた？　脅しの捨文と、お楠様のあの部屋で』

『文の方は難しい。筆がぼんやり見えただけだ』

『部屋は』

『ちょっと妙な話なんだが』

葛忌は押入れの襖にもたれて立ち、二之側の方角に顔を向けた。

『覗いた光景に、たぶん猫はいなかった』

『──それで？』

『だけどさっきの女と、そのお付きの女みたいな声は聞こえた。「おサネさん、いい子ね」ってな。声は本当に猫がそこにいるって感じだ。芝居じゃない』

『うーん』

あたしは腕を組んで目をつぶると、いよいよややこしくなってきた話に首を傾げた。

だっていままでの仔細をまとめると、とても奇妙な経緯になってしまうのだ。

まず朝の内に猫があの部屋に遊びに来たと、お楠様は言った。

だけど葛忌が覗いても猫はいない。

にもかかわらず、猫と遊んでいるような言葉は葛忌に聞こえた。

つまり女二人は猫を認めていた。しかし猫はその場にいなかった。

『──葛忌。見えたのは、そこまで？』

『弾指くらいのほんの刹那しか見えないし、はっきりと見えたわけでもない。景色に色も付かないからな。なにより痛い』

あたしは苦痛を思い出したのか不機嫌になる葛忌を、苦笑いでなだめた。

盗みや騙り、乱暴狼藉。人はなにか特別なことをするとき……、特にうしろ暗いものであるときは、心の内側から濃い闇を発する。らしい。

放たれた闇は辺りに残像を焼き付け、一昼夜くらいは残る。それを見る力を葛忌は持っていて、だから彼はものの憶えを覗くというより、焼き付けられた人の闇を見られると言った方が正しい。

『ただ、猫はいなかったってのには、別の由もある』

『どんな？』

『女二人のな、手だ』

言うと葛忌は人差し指を上向け、ちょいちょいと動かした。

※

手は猫を撫でている風ではなく、大きなものを持っているようだった。

お楠様の話と少し食い違う。それを受け、あたしの頭の中にはもしかしたらの目が浮かんでいた。

だから、草木も眠る丑三つどき。

御火の番が通り過ぎた頃合いを見計らい、あたしは寝装束のままでお楠様たちが眠る、昼間訪れたあの部屋の裏手へやってきていた。もちろん自分の了見が正しいか確かめるため。

体に貼った護符がごわごわして動きにくいけど、辛抱だ。早く済まさないと、明七つには御末の女中が起きてしまう。津岡様には万事報せているけど、ややこしいことにはなりたくない。

『で、俺が忍び込むのかよ』

と、ブツブツ言う葛忌を見送り、あたしは廊下の隅に身を隠す。柱にもたれると、なんとなく庭を眺めた。

昼間はあれだけ姦しいこの長局。だけど、しっとり夜気が下りるいまは昼とは違う顔になり、なかなか新鮮だった。中庭の草花は夜露を含んだ香りを広げ、空いっぱいに音もなく広がる星々は、あたしの心を贅に浸らせてくれる。

『おい』

浸っていると、壁を透けて化け狐が帰ってくる。気分が台無し。

『早いね。どうだった？』

『あった。納戸の奥に包んで隠してた』

葛忌は柱から身を起こすあたしに笑みを浮かべ、廊下にすとんと足を下ろす。面持ちの由はエサを食めるという期待からか。

『なら、たぶん決まりだね。猫をかどわかしたのは、あの人たち』

『お前のその了見の通りだとすると、美味い絶念になる気がする』

『よかったね。まあ、たぶん合ってるよ』

あたしは言いながら、左右を見た。人の気配はない。

『じゃ、もう帰ろっか。御火の番がまた来るかもしれないし、初野様の部屋の猫探し、まだやってるかもしれな』

ここまで喋ったところで、いきなり。

ふっ……、と火を吹き消したみたいに、四肢から感覚が消えた。

え？　って驚きを感じるよりも、体が勝手に動いたのが先だった。あたしは何故かめり込むほど廊下に身を屈め、それこそ四つ足の獣のようにうしろへ大きく跳ねた。

あたしの意志とは関わりなしに。

『ちょっと、葛忌？　これ葛忌なの？』

『大人しくしてろ。襲われてる』

『は？　誰からっ？』

『知るか』

葛忌の声がいつもよりうるさく頭に響く。

そして暗闇の中で微(かす)かに目の端に映った柱には、なにかが……、小さな包丁を思わせるなにかが、深くあたしの頭の高さに刺さっていた。ビィーン……、と、震えが奏でる細かな音が、その勢いを物語る。

あたしの体に憑依(ひょうい)して、葛忌はさっきこれを避けた？

『なに、あれ……』

『苦無(くない)みたいだな。だいぶ前に戦場(いくさば)で見た。三、四間(けん)くらいの間で投げる武器のはずだが、投げたやつが見当たらない』

いつもより葛忌の声が落ち着いている。

だけど、ことの有り様は全く分からない。なんであたしが襲われる？

無人の廊下だ。誰かと間違えるなんて有り得ない。しかもご法度を破って殿中で武器なんて。なんのため？　わざわざこんなときに狙うんだから、あたしがなにかしらの邪魔になったんだろうけど……。

『うわっ！』

考えていると眼前の景色が激しく揺れる。

気付くとあたしの体は腰をぐるんと回され、ムチがしなるようにまたも跳躍。有り得ない高さからの景色を拝むと、四つん這いで中庭へと着地した。こんなもん大道芸でも見たことない！

『跳ぶぞ』

『跳んでから言うな！　あんたあたしの体でムチャしないでよね！』

『言ってる場合か』

葛忌は体中の身節が軋むほど低く低く四つん這いで身を屈め、たぶんあたしへの説明の手間を省くために廊下に目をやった。暗闇ですぐには分からなかったけど、あたしが立っていたその場所、また苦無とかいう包丁が音を鳴らして刺さっている。

そしてやっとあたしにも、葛忌の感覚を通じて冷たい殺気を感じられるようになってきた。眉間に針を突き付けられたみたいな、痛いほど伝わってくるこの感情。

だけど、どこからか出所は分からない。

そもそも、どうしてあたしが狙われている？

『そいつを考えんのはあとにしろ』

葛忌が操るあたしは辺りに壁のような警戒を巡らせる。地面に低く伏せ地べたの土を握るこの体はさながらカニで、あたしは眉間に皺を寄せ、凄い形相で獣の呻き声を口の端からもらしていた。人間の尊厳……！

『あたしもうお嫁にいけない……』

『言いわけができてよかったな』

『もし上様に見られてたら死ぬ』

『こうしないと、いま死ぬかもな』

『……どうなるの、これ？』

『この体じゃしんどい。相手がどこにいるか分からんし、昼に力を使った影響がある。殺意は伝わるが気配を手繰れねえ。こりゃ相当な手練れだ』

『ちょっとちょっと。心許ないこと言わないでよ。わざわざ護符作ったのに』

葛忌を体に入れるにはある種の護符が要る。

昨日から周りの気配が怪しかったので念のために貼っておいたのだけど、まさかまさか本当に必要になるなんて。

「……ただの女ではないな……」

どこからか、声が響いた。

葛忌は声を辿ろうと耳を澄ましたが、だけど声の主は居場所を辿らせないよう、たぶんものへの反響を利用している。しかも声を潰しているみたいで、どんな人間の声か全く分からない。ただあたしのこの有様じゃ、誰が見てもただの女ってのは無理がある。

――仕方がない。

葛忌とあたしは黙って相手の出方を窺う。

息を吞む張り詰めたときは、しばらく続いた。

あたしは余計なことを喋らず、葛忌は決して警戒を怠らなかったが、しかし相手からの次なるなにかはいつまで待てども現れなかった。

やがて葛忌が操るあたしの体は、ふっと肩の力を緩める。

殺意が提灯みたいに萎んだのだと、あたしの肌感覚からもなんとなく分かった。

『今日は釘を刺すに留めておくってところか』

葛忌があたしの体で、ふうと息をついた。そして次の刹那には、

「ぐっ……」

ふわふわと浮いていた綿が、一気に水を吸ったようだった。体が自分に返ってくると、いきなり途方もない重みが食い込み肩へのしかかる。

心の臓はおかしくなって早鐘を打ち鳴らし、体はたくさん走ったあとそっくりに息苦しい。

――仕方ないとは言え、ちょっと長く体を使われ過ぎた。

体に残った力は桶の中の一滴ほど。だけど中庭にずっといるわけにはいかない。あたしは痛む節々を堪えながら、えっちらおっちら、這う這うの態で廊下へと上がり、まるで病を患ったように柱を背にしてもたれ込んだ。

『……なんだったんだろ、さっきの……』

息も絶え絶えに、あたしはまだ呆然とした気持ちだった。

正直に言って、ことの有り様にお頭が付いていかない。

確かに相手から見て深夜の廊下で佇むあたしは不審だったと思うけど、まさかそんな由で殺されかけたってわけもないだろう。

苦無？　あんな武器まで使って……。

あたしは柱や廊下に刺さっていたそれをチラと見る。しかし、

『――あれ』

そこに武器は刺さっていなかった。

確かにさっきまではあった。廊下に上がる前に見えた……。

よく目を凝らすと、刺さった跡は確かにあった。あったのを見て、あたしの全身は総毛立ち、疲れ痛む体をさらに恐怖が舐めた。僅かの間に、葛忌にすら気付かれず痕跡を持ち帰ったのか……。

知らない間に、大きななにかに巻き込まれた？　心当たりがあるとすれば、今度の猫の件か、或いは上様に仰せつかったお役目に関わりのあることか……。

ああ、おっ母。あたし、なんかえらい場所に来てしまったみたい……。

『どうする？』

葛忌は屈み込み、廊下に刺さった苦無の跡を見つめている。

『明日はやめとくか？　猫の件』

『なんで。やめないよ』

『命あっての物種だ。たぶんさっきのやつ、ウエサマだかショーグンだかって中年男の敵だろ。それが猫の件で、俺たちとなにかしら狙いがかぶったんだ』

『かもね。でも』

あたしはもたれる柱に頭を当て、荒い息のまま天を仰いだ。

『襲われて引き下がったとあっちゃあ、雲雀ちゃんの沽券に関わるってもんよ』

※

疲れを取るため、部屋で少し転寝をしたあと。

あたしは体に残る痛みを引きずり、再び二之側、お楠様がいる部屋を訪れた。

今朝の長局は騒がしい。

上様が大奥にお成りになって総触れが始まる前も、最中も、終わってからも、少しでも手の空いた女中は総動員で、ずっとずっと初野様の猫を探している。それこそ屏風の裏から長持の中から床下まで。

廊下で初野様に頭を下げて道を譲ったけど、目の下のクマは化粧で消し切れずにもう涙目だ。あの気の強い女があそこまでなるなんて、猫は子と同じ、とは大げさな表しではなかったのだろう。

『じゃ、葛忌。いこうか』

髪を下ろしてから葛忌に告げると、あたしは目の前の障子戸をそっと開けた。畳の香りがふわっと鼻をくすぐり、ああ、片付けが済んだんだと思わせた。

「もうし。お楠様は」

「雲雀さん？　ここよ。入って」

閉まっている腰板障子の向こう。昨日の部屋からお楠様の声が聞こえた。

あたしは障子戸をうしろに閉めると、痛みの少ない体の動きを探り探り、茶運び人形みたいにお楠様の元へと歩いていく。自分の出立が情けなくて涙が出そうだ。

「あれ」

腰板障子を開けると、お楠様は少しの驚きを示す。

「どうしたの、雲雀さん。昨日よりだいぶガニ股……。お怪我でも？」

「アハハ……、気にしないでください。ちょっと腰を痛めて」

「髪も昨日は島田だったのに。今日は結っていないの？　大奥で下ろすなんて」

「昔、おっ母がよく下ろした髪を結んで飾ってくれたんです。いまでも気合が要るときは、島田よりこっちの方がいい気がして」

「気合？　腰のことも、もしかして、……おサネさんを探して？」

「んー、そんなとこです」

当たらずといえども遠からず。答えると、お楠様の面持ちが陰った。

この言いようだと、やはり昨夜あたしが襲われた件、この人に関わりなしかな。根が素直で割と顔に出やすい人だし。

「初野様にも、雲雀さんにも、みんなにも。迷惑をかけて、申しわけがないわ……。わたしの手落ちで……。だけど、もう覚悟はしているから」

お楠様は部屋の隅に目をやる。

そこには僅かばかりの装身具と着物が一まとめに置かれていた。部屋はチリも落ちておらず、やはり掃除も済ませているようだ。

「……お楠様、脅しの文に従うおつもりですか？」

「仕方ないもの」

お楠様は困った面持ちで笑う。

あたしはその笑みに、このお猫様騒動の全てが収斂されていると感じた。お楠様をはじめ、初野様、お美代さん。……他にも猫を探している人たち、お楠様を疎んじている人たち。関わった全ての人の想いが、いま、このお楠様の面持ちの中に表れているのだ。

このまま終わらせてもいいかもしれない。たぶん猫は無事に戻るはずだ。だけどこのままでは終わらせられない。きっと優しい結末にはならないし、一件が怪異として扱われることも示している。

それはおっ母があたしに求めるものではなく、上様があたしに求めるものでもない。あと葛忌はエサを食べ損なう。

あたしがここで解決するのだ。優しい気持ちで、お役目を全うする。きっとそれが御公儀からあたしへの求めで、あたしの目指す場所だから。

大奥の陰陽師の名にかけて、必ず。

『葛忌、頼むよ』

『めんどくさいな』

葛忌の舌打ちが聞こえてから、あたしはお楠様に笑いかける。お客から本音と安心を引き出すために練習した、卜者の笑顔だ。

「お楠様」

優しく、優しく……。おっ母、見ていてよ。

「おサネさん、諦めるのは早いと思います。暮六つまで、まだありますから」

「万が一のときのためよ。すぐに出ていけるように備えておかないと」

「お美代さんと一緒に？」

「……そうね」

悲しげにお楠様が答えると、表では雲が開け、庭から部屋へ陽が射す。ふと目をやると庭では草をついばみ、チチチとさえずる鳥たちが見えた。

あたしがそれをじっと眺めていると、しばらく、この部屋には静寂が満ちた。あたしはただ笑い、お楠様は伏せた目に憂いを忍ばせ座っていた。

「――占いを、お聞きにならないんですね」

鳥が羽ばたいてから、やがてあたしは切り出した。

お楠様は不意をつかれたのか目に見えて焦り、さっと顔を上げる。

「あの、……ごめんなさいね。もう手遅れと思って。でも、……占いで本当に見付かるなんて、ちょっと……」

「占いをご所望されたのは、お楠様ですよ」

「…………」

「意地悪な言い方でしたね、ごめんなさい。昨日から色々と考えまして。射覆(せきふ)という方法で、猫……、おサネさんの居場所を占ってみたいと思います」

あたしはそう前置きして、小首を傾げるお楠様に続けた。

「なかなか聞き慣れない占いと思いますけど、難しくはないんです。占いといっても見せものに近いですから。あたしが目隠しをするなりうしろを向くなりして、出されたのがなにか言い当てるってやつ」

「そんなこと……」

「できるわけがありませんか？　お疑いならやってみましょう」

あたしはよいしょよいしょと畳についた手を支えに体を回し、明らかに怪訝な顔のお楠様に背を見せた。腰板障子を前に見て、ピンと背を伸ばす。

「どうぞ。あたしのうしろに、お楠様の思うものをなんでも置いてください。言い当てますから」

「んー、ええっと、じゃあ……」

不審を露わにしたお楠様の口ぶり。だけど付き合ってはくれるようで、言葉の次には、あたしのうしろになにかが置かれる気配を感じた。

あたしはちゃんと射覆を学んだわけじゃないけど、許状を持った卜者ならこれを言い当てられたりするのだろうか？　たぶんそれは否。本当は筮竹なんかを使うらしいけど、それがあったとしてもタネも仕掛けもなく分かるわけがない。

だけど、あたしは持っているのだ。百発百中のタネを。

『紙入れだな。鳥の刺繍』

うしろから葛忌の声。あたしはその通りにお楠様に告げる。

「鳥の刺繍の紙入れですね」

「！　……ウソでしょう……？　じゃあ、じゃあ、これは……？」

ひどくたじろいだ口ぶりのお楠様。語尾を試す口ぶりに変えて、うしろにまた小さななにかの重みが微かに伝わってきた。再び葛忌があたしに答えを告げる。

『銀の簪だ。透かし彫りの牡丹』

「銀の簪です。透かし彫りの牡丹」

「――凄い……。どうして……。本当は見えてたりするの？」

「まさか。目隠しもされますか？」

「……いいえ。不思議でしょうがないけど、……信じるわ。だって、これでわたしを騙す意味がないもの」

「よかった」

　あたしはまたどっこいしょと体を回し、お楠様を正面に見る。

「さすが、陰陽小町の名前は伊達じゃないのね。――でも、雲雀さん。わたしは分からないの。この方法で、どうやっておサネさんを見付けるのか」

「簡単ですよ。そこの納戸」

　あたしはお楠様に向かって、部屋の右に設えられたそれを指さす。

「そこにおサネさんの、邪魔だったものがあります。違いますか？」

「………」

　不意打ちを喰らわすと、お楠様の体が冷や水を浴びたように竦み固まる。膝頭を固く握り、まるで死の宣告でも受けた如く面差しからは感情が抜けていた。

「どうですか？」

　あたしはお楠様を覗き込む。

「お楠様。納戸に隠したもののお心当たり、ございますね？」

「いつ……、調べたの？」

「いま、射覆で」

「そう。でもそれは……、外れよ」

「あちゃあ。しくじりましたか」

舌を出しておどけると、また水を打ったような静寂。

庭には鳥たちが戻り、また地面をついばんでいた。部屋は鳥たちのさえずる声が虚しく響き、しばらくあたしたちはそのままだった。

「昨日」

あたしが再び切り出すと、お楠様の肩がびくりと少し跳ねた。

「最初にお目にかかったときから、少し違和を覚えていたんです。お楠様、あたしが町のお困りごとを片付ける陰陽小町と分かったときは縋るみたいだったのに、『大奥のため』ってあたしが言ったあと……、要するにあたしが大奥側の立場を口にしたあとで、ちょっと身を引いたように見えたから」

「……………」

「きっとそのときにあたしは、お楠様にとって騙す側に置かれたんですね」

「……騙すなんて……」

「そうですか？　でも猫が目の前でいきなり消えるなんて有り得ない。であれば、消えたというお楠様とお美代さんを疑うのが道理」

「怪異は、たくさんあるわ。神隠しだってよく聞く。大奥でも噂があるもの」

「落着に至らなかった不思議があるだけです」

「雲雀さん、昨日はとても可愛らしい顔だったのに、いまは恐いわ……。とても。相談ごとで面差しが変わるって、こういうことだったの……？」

「あ、ごめんなさい。気を付けてるんですが」

あたしは敵意を示さないよう、顔を和やかなものに戻した。

『清明の顔だった。ご先祖によーく似てる』

『そりゃ光栄だね』

あたしは葛忌に答え、自分の頰を軽く叩いた。尖った面差しは相手の心を硬くする。あたしはお楠様の心を柔らかく解きほぐさなければならないのに。

「分かったわ、雲雀さん。疑われているならはっきりさせましょう」

お楠様は顔に力を込め、あたしを見た。

「よく考えて。おサネさんはまだ帰ってない。いつもは夕刻に初野様のところでご飯を食べるのに。やっぱり神隠しにあった証拠よ。それに」

「お楠様の口ぶりは、まるで猫が生きてると知ってるみたい。あたしなら死んでしまっているかもって思います」

あたしは言葉をぶつけ、お楠様に分かる目の動きで納戸に目をやった。彼女は出かけた言葉を引っ込め、ぎゅうっと握った拳を硬くする。

「だけど、あたしも意見はお楠様と同じなんです。猫……、おサネさんはまだ生きてるって。きっと帰れないわけがあると思うんです」

「……雲雀さんは、それがどんな由だと思うの？」

「大奥の外に持ち出されているんではないでしょうか」

「そんな……！」

お楠様は数度の瞬きに狼狽（ろうばい）を示した。

「そ、そんなこと、あるわけがないでしょう。わたしたちは籠の中の鳥よ。ど、どうやっておサネさんを外に持ち出すの。バカバカしい……！」

「確かにあたしたちは気随気儘（きまま）に外へは出られません。御中臈ともなれば宿下がりも難しいでしょう。でも猫を葛籠にでも入れて、そっと持ち出すくらいならできるかもしれない。昨日仰っていた、壊れたという漆塗りの背負い葛籠に」

「お、同じよ。葛籠に入れたとしても、わたしには持ち出せない」

「他の人に頼んでは？」

「無理よ。おサネさんはものではないの。中で動いたときに分かるわ」

「関わりのない人ならそうかもしれない。だけどあなたには協力する者が二人いました。違いますか？」

問いかけのように話すと、お楠様は目を逸らし横を向いた。

それはたぶん返事に窮した仕草。なら、ここが仕掛けどころ。

「お楠様。あなたには広敷向に、恋仲のお役人がいますね？」

「な、なにを……」

お楠様は震え、長く細く息を吸い込んだ。

「い、いいいくらなんでも無礼だわ。わたしは上様付きの御中臈なのに」

「『上様付きの御中臈』。あたしが恋占いを持ちかけたときにも、お楠様は同じことを仰いましたね。あたかも他に情人がいる口ぶりでした」

きっぱり語気を強めると、お楠様は青くなって愁眉を閉じた。面差しには深く陰が走り、まるで獣に出会ったように弱々しい。

「あたしは仕儀をこう思います。お楠様はまだ御広座敷のとき、表のお役人と恋仲になった。だけど初野様に逆らえないあなたは御中臈に引き上げられてしまい、大奥を出るために一計を案じたんです。一人目の協力者、相の間のお美代さんと共に。お美代さんも大奥を出たがっていると伺いましたし、主家の娘さんには逆らえません」

言っても、お楠様は荒い息をしたままで反論はなかった。あたしは続ける。

「初野様もまさか捨文で脅されていた者が科人とは思わないでしょう。あの企てごとは昨日の朝ですね？　きっとお美代さんと二人のときに猫が遊びに来たら決行と決めごとをしていたはず。お楠様は葛籠に猫を収め、それをお美代さんを通じて、七つ口から広敷向にいる恋仲のお役人に渡した」

たぶんここが、葛忌が覗いた場面だ。

想像だけど遊びに来た猫を葛籠に入れたあとに、猫が嫌がりでもしたのかもしれない。だから猫が見えないのに『いい子ね』という言葉が聞こえた。

「で、その間にお楠様は御殿向の千鳥の間へ赴き、猫が消えたと初野様に相談をしたんです。部屋を出るとき、脅しの文を戸に挟むために。だけど、思わぬことが起こってしまった」

言って、あたしは自分の胸に手を当てた。

「同じ千鳥の間で話を聞いていた津岡さまが、あたしの名を出したんですね？　御年寄の紹介なら無下にできない。慌てたあなたはお美代さんに相談をした。そこであたしが困りごとを助ける陰陽小町って噂を聞いて、味方に引き入れるか騙す側にするか、あたしを見て計ったんです」

「……あなたの、全てあなたの想像だわ」

俯きか細い声で、まるで獣から逃げるようにお楠様は言った。

「――先ほど、お美代さんが全てを白状しました」

「ウソよ……」

「初野様が吟味なさっておいでです。なにを意味するか、お分かりですね？」

あたしが念を押すと、お楠様は両手を畳につき、恐らくは企てが全て露見したという諦めが、大きな瞳を閉じさせた。

――これは、もう出てくるな。

あたしが思うのと併せて、『お』と、葛忌が歓迎の微笑みを口角に宿した。

見ると、お楠様の背からだ。

ぼやっと闇の煮凝り(にこご)みたいな拳大の鬼火が、まるで雫(しずく)が天井に向かって昇るように浮き上がり、お楠様と糸で繋(つな)がったまま宙に舞った。久々に目にした漆を思わせる黒さの絶念で、たぶん葛忌の好みだろうなというのは一目で分かる。

『じゃあ、今回の働きの手当てだ。頂くぜ』

葛忌が言った、すぐあと。彼の口は紙を破るかの如くこめかみまで裂け開いた。口の中は夜よりも暗い闇で、顔は一面に血筋が巡り、長い銀の髪は逆立ち、目元を隠す布は風を受けたようにはためいている。正真正銘バケモノの姿。

葛忌はそのまま部屋を舞う黒い絶念を無造作に摑むと、まるであたしたちが饅頭でもそうする感じで、ひょいっと口の中へ放り込む。そして閉じた口で頬を回しやがて飲み下すと、彼は満足そうに、また品のない嘔気を口から吐き出した。

『なかなか美味だ。ご苦労だった』

『そりゃお粗末様でした』

あたしは葛忌に返事をしつつ、面持ちを崩さないよう前を見ていた。お楠様は隣でこんなに気持ちの悪いやつがいるなど露知らず、相変わらず深刻な顔で畳の目を睨んでいる。

あれだけ黒々とした絶念だ。さぞ希望が大きかったのだろう。それだけ心は大奥を出たがっていた。好いた人と一緒になりたかった。だけどことは露見し、怪異に見せかけた企てごとは暴かれた。

悔しいだろう。あたしが憎いかもしれない。

けど、もう少しあたしと付き合ってくれたら。

体験の上で、葛忌に絶念を食まれた人は心が少し軽くなる向きがある。悪い気が削がれ、気持ちが安らぐのだろう。

これまでのお客もそうだったし、櫛を隠したお登勢さんもそうだった。食べ方は見苦しいけど葛忌が食む絶念は、なんというかトンボが蚊を食べるみたいに、図らずも習性が人間の役に立っているのだ。

「そろそろ、いいですか、お楠様」

あたしはお楠様を覗き込む。

「納戸に隠したもの。本当はあたしの予想が当たっておりましたね？」

「——ごめん、なさい」

「いいんです。でも分かってください」

あたしは膝を畳に擦って、お楠様の側まで寄った。

体が痛んだけど顔には一切出さないように頑張って、お楠様が畳に置き自分を支えている手に、そっとあたしの手を重ねた。

「あたしは大奥の陰陽師。お客さんには、ただ優しくありたいと思っています」

「わたしを……、助けて、もらえるの？　騙そうとしたのに」

問いかけに頷きを返すと、お楠様は目元を指で拭い一呼吸を置いて、その場ですっと立ち上がった。そして楚々とした歩みで納戸の前に立つと襖を開け、中からなにかを包んだ袱紗を探り出して来る。

「これが雲雀さんの言い当てた、おサネさんの一部。銀の鈴」

お楠様は眉を下げ、観念の苦笑を浮かべている。

「鳴かない猫でも、葛籠から鈴が鳴れば怪しまれますもんね」

「……ここに隠したと、お美代が言ったの？」

「いいえ。あんなの嘘っぱちです」

「あんなの、って？」

「お美代さんは、ウチの部屋のお滝さんの世間話に捕まってるだけです。嘘をつきました。ごめんなさい」

まったく害意のない顔で微笑むと、お楠様は遠い目になってへなへなと体を緩め、また畳に手をついた。目が覚めたけど、まだ悪い夢と現の別が分からない、そんな面持ち。ちょっと、優しくなかったかな。

「いま、この件はあたししか知りません。詳しいあらましを知っていれば、もっとお力になれることが増えるかもしれないですけど……」

どうですか？　と、目に問いかけを含めると、

「井上善次郎様というの」

ぽつり、と、お楠様が言う。

気付くと彼女の面差しは清く澄んでいた。あたかも心から毒を抜いたあとのように。

「恋仲のお方？　やっぱり広敷向で恋に落ちたんですか？」

「……そうとも言えるかもしれないわ。偶然だったの。わたしは商家の養子だけど、元の一家は離散していてね、その頃に父母が娶せると決めた相手がいた。それが善次郎様」

「ここで再会したってことですか？」

尋ねると、お楠様はゆっくりと頷いた。

「幼い頃はよく遊んで頂いたわ。親が決めた相手だけど、わたしもお慕いしていた。お優しい方でね。再会してもぜんぜん変わっていなかった。広敷向で苛められていたわたしを、なにかと助けてくださって。……いけないのに、気持ちがもう抑えられなくなってしまって……」

「羨ましい～」

あたしは両手を合わせて、つい素で言ってしまった。お楠様はふふ、と上品な笑み

顔で、話を続けていく。

「あとは、だいたい雲雀さんの言う通りよ。でもわたしも奥女中だもの。一言で済むほど簡単な恋じゃなかったわ。あの人もわたしも自分をよく責めた。だけど気持ちはもう、諦めるのが難しくなってしまっていて」

「それで、今回のことを？」

「――御中臈が永の暇を願っても、そうそうお許しいただけないの。だけど初野様は、おサネさんのためならなんでもすると思ったから」

ここで庭の鳥が元気よく鳴き、飛び立った。

お楠様は羽音が消えるまで黙り、そして決然とした色を顔に宿し再び口を開く。

「考えたのはわたし。全てわたしです。奴刑でも、晒し者にされてもかまいません。どんな責めも負います。だから」

「善次郎様には累が及ばないよう、上にご寛恕を請うて欲しいと？」

あたしが言葉を付け足すと、お楠様は大きく首を縦に振った。

「雲雀さんの情にお縋りさせて。父上と母上と、お美代も……。ムシのいいお願いとは分かっています。だからみんなの分もわたしが仕置きを負います。どうか、お願いします、雲雀さん。どうか、どうか……」

「まず」

あたしは前のめりでお楠様の目を間近にする。顔は真面目な面構えにして、じっとその美しい瞳を見つめた。

「すぐおサネさんを返してください。葛籠に入れたまま持って来るよう伝えて」

「も、もちろん」

「じゃあ」

あたしはここで表情を緩める。あのときのおっ母みたいに。

「あとは大奥の陰陽師にお任せください。恋のおまじないをかけましょう」

※

猫はあたしがそっと、初野様の部屋に返しておいた。

物陰から窺ってしばらくすると、初野様の部屋から響き渡るのは、まるで金銀財宝でも見付けた喜びの叫び声。

幸いにも猫は葛忌みたいには語らない。しかも自ら帰ってきたのだから、初野様も科人の捜しようがないだろうとは思う。

けど、あたしと同じく真実に辿り着く者がいないとも限らないから。

そうなる前にきちんと処置しておかないと。


茜射し、カアカアと烏の声響く津岡様の部屋。

いつもの部屋、いつもの景色だけど、いつもと違う。

ついこの間の夢のような景色が、再びあたしの前に広がっているのだ。

そう。またも上様が上座に麗しくお座りあそばし、津岡様とあたしは恐れ多くも謁見の栄誉に与っているのである。

ああ、上様を間近で拝めるここはまさに桟敷席。なんでも津岡様が今日のことをお耳に入れると、もったいなくもわざわざお見えになられたらしい。このお方はご自分が貴人であると、そのご自覚がお有りなのだろうか。

「まずは二人とも。此度は大儀であった」

「ははっ！」

暴れる心の臓をなだめすかし、あたしはただひたすら御前で平伏していた。頭はのぼせているけど、もう醜態は晒すまいと強く自分に言い聞かせ、どうにかこうにか一度目よりは自我を保つことができていた。

『しかし何回見ても良さが分からん。やっぱり俺は親父殿の方が好きだよ』

『つまんないこと言ってんじゃないの。塩まくよ』

あたしは上様の隣で首を傾げる葛忌に舌打ちを浴びせる。ああ、たとえバケモノであったとしても、もしこいつが女で同好の士だったなら、二人できゃっきゃと話に花を咲かせられるのに……。心で葛忌に半畳を打っていると、

「まあ今回も大事になる前に済んだし、果は上々だ。先例に倣い楠は出家させようと思う。楠にとっても、大奥にいるよりはそちらの方がいいだろう」

上様は仰った。形だけ見れば、企みごとまでして自分が袖にされたのだ。ご勘気に触れるでもなく十分に寛大な処置だとは思う。思うけど……。

「おそおそおそ恐れながらっ！　よろしいでしょうかっ！」

あたしは平伏したままで声を上げた。

「雲雀っ！」

斜め前から津岡様のお叱りが飛んでくる。

確かに部屋子の分際で意見を申し立てるなど不敬もいいところ。でも自分が頑張るここが、優しさじゃないかと思うのだ。

「お叱りはごもっともでございますが、あの、ご処置に関しまして、あ、あたしに妙案がございます！」

「ほう。妙案」

「不届きなことを申すでない、雲雀！　上様の御前にあるぞ！」

「かまわん、津岡」

上様はあぐらをかく膝に肘を置き、身を乗り出す。

「意見は身分の上下なく聞くのが俺の考えである。俺は学に欠けるからな。妙案という言葉は好きだ。ただし」

上様は自分の頬を撫でてから、じっとあたしを見た。面持ちは和やかだけど、迫力の漂う目だった。

「言葉に偽りあれば、おぬしは自分で責を負うことになる。越前を眼鏡違いとさせるなよ。申してみろ、雲雀」

「はっ！　あの、できましたら、お楠様には暇を出すという形が望ましく！」

「何故」

問われ、あたしは強い気持ちで顔を上げる。だけど上様と視線がぶつかり、慌ててまた下に逸らした。

「う、うう上様のお望みは奥女中の粛清ではなく、歪みを正すことと存じ上げます。お楠様はあたしに相談され、懸想が発覚いたしました。ならばここでもう一段寛大なご処置を賜りますれば、誰もがあたしに相談しやすくなるかと。裏で蠢く企みごとが、表に出てきやすくなります！」

「……楠に情を移した苦し紛れの戯言かと思えば、一理あるな」

「恐れながら」

ここで津岡様があたしの斜め前で、低く声を上げた。

「奥女中が提出しております誓詞には、悪心を以て申し合わせいたすまじきことと、はっきり認めてございます。あまり甘い処置では他の者への示しが……」

「ただ此度の件、誰も知る者がおらんだろう」

上様は考えごとをするように、少し顔をしかめた。

「されど我々は心身とも上様にお仕え致します身。他に情人がいたというのも。まして御中臈という立場の者が……」

「人の心はうつろう。御そうとしてもできんものだ。楠も中臈になって間もない」

「……仰せの通りでございます。御心のままに」

津岡様は思ったよりもあっさりと引き下がる。と、言うよりも、もしかすると反論は建前で、上様からお許しの言質を引き出したということになるのかも。そのご気性まで読んだ上で。

「雲雀。面を上げよ」

「ははっ！」

あたしは真っ赤になった顔をまた上げ、呼ばれた名にいよいよ心の臓が激しく鳴った。なんというか、舞台の役者と目が合ったとか、微笑みかけられたとか、たぶんそんな心境。世が世なら飛び跳ねて喜んでいるかもしれない。

「此度、怪異の暴き立てから俺への意見まで天晴。おぬしを見付けた越前は慧眼を証した。楠には俺の方から暇を申し渡そう。由は……、まあ病とでもしておこうか」

「も、もったいないお言葉でございまするっ」

意見が御心にかなった。これでお楠様は……。

「考えてみれば、おぬしには処置に口を挟む資格がある。ことが公になる前に止めなかったなら、男女共々にきつい仕置きは免れんかっただろうからな。それに」

それに？　続く言葉を待つと、上様は嬉しそうに腕を組まれた。

「やはり女たるものは誰もかくこそあって欲しいものだ。御中﨟の立場を蹴って好いた男と共にありたいなど、情ある者の鑑ではないか」

「仰る通りにございまする！」

　ははーっ、と、あたしは畳にめり込むほど頭を下げた。同じ言葉でもおっ父が言ったら『生意気な』としか思わないけど、上様ならばお言葉の深みが凄い。首がもげるほど頷いてしまいそうだ。

「楠には暇金に名を借り、祝儀として三百両取らせる。あと善次郎と申す者、役替えは免れぬだろうが、まあ良きに計らうよう、御留守居に申し付けておこう」

「「三百両……？」」

　あたしの驚きに、津岡様の言葉も重なる。いくらなんでも太っ腹過ぎでは。

「雲雀の意見で了見を改めた。此度の件を推奨するわけじゃないが、御中臈一人にこれからかかる金子（きんす）を思えば安いもの。沙汰が広まれば、雲雀に相談する者も増えよう。俺の密旨を帯びている旨は秘せば、それでいい」

「過分なご配慮、身に余る光栄にございます……」

　さすがあたしの癒し（いや）……。冷え性とか諸々（もろもろ）治りそう……。と、感動していたら上様は明朗な面持ちから一転し、

「さて、楠の件はそれでいい」

　と、少しばかりの強張（こわば）りを眉の辺りに示された。

「俺が来たのは、おぬしが襲われた件についてだ」

「あたしが」

　そう言えばそうだった。目の前の御尊顔に浮かれて忘れていた。

「殿中で武器を使った狼藉だ。たとえ女でも手合いは見付け出して処分する。恐らくは女中に紛れたいずれかの藩の間者だとは思うが、雲雀を襲った手前、あちらにも狙いはあるはず。当分は大人しくしておるだろう」

「朝、御注進申し上げましたときは、女中たちへの注意は待てと仰せでしたが」

　津岡様が声に慎重さを潜ませた。

「そもそも女中に化けているのなら、見付けようにも藁に紛れた針も同じ。雲雀にケガはなかったし、いたずらに公にして混乱を招かずともよい。殿中で武器を使った刃傷沙汰となると、俺が若い頃にあった赤穂浪人の件もある。面倒臭いが外聞も気にせねば、公儀の威信に関わるからな」

「はっ」

「むしろどこかの藩の間者が女中に紛れているのであれば、処分も容易い。香山に女中の身元を洗うよう、既に命じてある。が、実は気になる報も入っていてな」

　上様はここであたしにお目を向けられた。のぼせそうになるけど我慢。

「尾張の佐吉が江戸に入っていると、一報が入っている」

※

死なない男、尾張の佐吉。

もちろん本当の名ではないだろう。そもそも本当の名があるのかも分からない。

様々に名を変え、暗殺を含む汚れ仕事を請け負う腕利きの尾張の隠密。正体は分かっていないけど、男であるのは間違いないのだとか。

実際、どこかの藩の間者が江戸入りするのは珍しくないらしい。上様も紀州藩主時代、間者を商人に化けさせ、諸大名の屋敷の様子を窺っていたと仰った。

佐吉も恐らくそれだ。十中八九、尾張の間者。江戸に潜伏して沙汰を集め、公儀との交渉ごとを有利に運ぶ意図だろうと上様は言われた。

しかし万が一の目もある。そいつがなんらかの目的で大奥に潜入していたら、まずい有様になりかねない。

『雲雀も内々で調べを進めよ。外では伊賀者の警護を増やし備えるが、放っておけば怪異を起こす歪みになる』

と、上様は仰せになられた。

『実際、あれはただモンじゃなかった』

翌日の昼、二之側の廊下。襲われた現場に訪れると、葛忌がぽつりと呟いた。

『俺が正しく気配を読めなかったとは言っても、お前の体じゃ守るのに精いっぱいだ。あのウエサマって中年の体なら、殺れたかもしれないけどな』

『恐れ多いことを言うな』

あたしは曇天模様の空の下、中庭をぼんやり眺めていた。

この場所の覚えを葛忌に見てもらうためだったけど、やはり深夜で暗く、覗いてもなにも分からなかったらしい。せっかく上様より賜ったお役目だ。なんとか追いたいけど、勘付かれてまた襲われたらたまんないしな。

どうしようか。

どこかで鳴き始めた蟬の声を聞きながら、腕を組んで考える。すると、

「雲雀さん」

鈴を転がすような声で名を呼ばれた。聞き覚えの確かな澄んだこの声。

ぱっと振り向くと、いたのはやはり涼やかな顔のお楠様。だけどいつものお召しも

のじゃなくて、今日は青の小袖姿。傍らにはお付きの女中も侍(はべ)っていた。この人はお美代さんかな？

「どうなさったんですか？　その、小袖で……」

「暇を出されて。これから大奥を出るんです。最後に駕籠(かご)を用意してもらいました」

お楠様は苦笑いで答えた。お美代さんも微笑んでいる。

「それは、……おめでとうございます、って言ってよかったですか？」

「もちろん」

お楠様はあたしの手を取ると、これまで見たことのない晴れやかな笑みを満面に浮かべた。あたかも憑きものが落ちたように。

「この暇は、きっと雲雀さんのお陰でしょう？　どうやったのかは分からないけど」

「……修験道由来で、敬愛法(けいあいほう)というおまじないがあります。お楠様にそれをかけておいたので、きっとそのお陰」

敬愛法。

東に突き出た柳の枝を筆にし、紙で拵えた二体の人形に男女の名をそれぞれ書く。それから文字を書いた面を合わせ、頭、胴、足の三カ所を結わえて、五穀の供えものと一緒に辻に埋めて願いを込めるのだ。大奥の場合は辻がないから庭に。他にも細かいお作法はあるけど、おおまかにこんな感じで。

ちなみにやってないけど、やったってことにしておく。

「まさか。おまじないで」

お楠様は相変わらず上品な笑みで、あたしに言った。

「おまじないがまさかになるかどうかは、これからですよ。こういうのは呼び水に過ぎませんから。……お幸せに」

「ええ。陰陽小町さんに頂いたご縁だもの」

彼女はそう言うとすっとこちらに歩み寄り、その瑞々(みずみず)しいくちびるを、そっとあたしの耳元へ寄せた。

「あなたの優しさを忘れません。幼い日に別れた実の母を思い出しました」

二章　あの人の赤ん坊、そして呪いの藁人形

浅草は茅町(かやまち)。

細い雨が昼にやっと上がると、埋め合わせをするように陽が眩しく町を包んだ。夕方に道は乾いたけど家の前の窪(くぼ)みに雨水が溜まり、映った夕暮れが濃く揺れていたのを覚えている。

風が強く、路傍に伸びる荒草が伏していた。あたしは黴臭(かびくさ)い裏長屋からその様をぼんやり眺め、気鬱なまま内職で傘を張っていた。

あのとき、あたしはまだ十にも満たなかった。ただ葛忌はもう憑いていてなにかとやかましかったので、他所(よそ)の子よりは小賢(こざか)しく抜け目のない童だったと思う。

ふと見ると流しに立つおっ母が、表の人から道を尋ねられ、手ぶりを交えて丁寧に答えていた。あたしは横目で二人の様子を眺め、無性に疎ましい気分を抱えた。

おっ母は優しい女だった。

いつも心が正しい場所にあって、朗らかに笑みを絶やさなかった。

あたしは幼い頃からそれが気に入らなかった。

おっ母に自分だけを見て欲しくて、よく悪さをした。友達を打って泣かせたり、おっ父の商売道具を壊して泣かせたり。

でもいくら悪ガキに見せたって、おっ母があたしに向ける笑み顔は、他の人に見せるそれといつも同じだった。あたしは優しいおっ母が大好きで特別でいたかった。葛忌はもらえたし、いつも下ろした髪を飾ってもらえるけど、あたしはもっともっと特別がよかったのだ。

いまもそう。道を聞かれただけの他人じゃないか。そんな顔を見せないで欲しい。

あたしはあっちに行けと道の人を強く睨んだ。あちらはあたしに気付いて苦笑すると、ごめんよと謝って去って行った。おっ母は同じ顔のまま、あたしに『いけないよ』と注意をした。ひどく恥ずかしく惨めな思いが胸を重くした。

あたしはプイと前を向いて、内職を続けた。すると、

「油、切らせちゃった」

おっ母がひび割れた油徳利を振って、バツが悪そうに舌を出した。確か油の振売はさっき行ったところだ。すぐに追いかければ間に合う。おっ母は草履をつっかけて外

に出た。あたしも手伝っていた内職の手を止め、おっ母に付いて行った。

「おっ母の親戚が人さらいに捕まりかけたって話だよ。家にいなさいな」

「イヤ！」

逆らうクセにくっついていたいのだ。おっ母はしょうがないねって笑った。

油売りはすぐに見付かった。おっ母が求めると油売りは道端で桶を下ろし、柄杓（ひしゃく）ですくって徳利に移してくれた。

油はゆっくりと徳利に流れるから、最後の雫が垂れるまでにときがかかる。その間におっ母は油売りと無駄話を始め、あたしはヒマになった。戻って傘を張ろうかと思ったけど、油売りにおっ母を取られるのが癪（しゃく）で、側にいたかった。

「わっちが生まれた頃に比べりゃあ、油が安くなりましてねえ」

もう百回は聞いた仕方話を、油売りはまた得意げに喋り出す。おっ母も飽きずによく聞くことだ。忙しいときはあたしの話を『ちょっと待ってね』、なんてあと回しにするクセに。やっぱりあたしは面白くない。子なんだから特別にして欲しい。

あたしは不貞腐れた。また悪ガキになりたくなった。で、ふと思い出す。そう言えば少し向こうに蕎麦（そば）の屋台があった。匂いでも嗅ぎに行って、屋台の前から動かずにいてやろうと道を進んだ。

『おい』

葛忌がうしろからあたしを呼ぶ。

『お袋殿から離れたら危ない。戻れ』

『いんだよ。おっ母が戻れって言ったら戻るけどさ』

あたしは意地を張った。こいつはバケモノのクセに妙に心配するタチだから。

『いいから戻れ。なんか変な気配がする。早く』

『うっさい』

あたしは無視してどんどん進む。

だって普段は通りに旅の人の往来がわんさかいるけど、その日は目に見る限り人がいなかったから。葛忌の感じる気配もアテにならないと、あたしは蕎麦の匂いに鼻をひくひくとさせて歩いた。そうして、そうだ。あたしは蕎麦なんかに気を取られながら、心になんの用意もせず、あの辻に差しかかってしまったんだ。

「お」

ぬっと、いきなり。

「こんなとこで、ばったりか。確かお前だな。晴明の血を引くってガキ」

あたしを影が覆った。見上げると風体(ふうてい)の良くない大男。男はあたしが返事をする間もなく、着物を摑み上げた。恐怖で竦んで動けなかった。

『蹴れ！』

葛忌の叫びが聞こえた。あたしは我に返り、思い切り男の股間を蹴り上げた。

男は呻いて手を離した。あたしはおっ母の方へ逃げた。おっ母は泣く声に気付くと慌てて手元を探り、あたしのうしろへ徳利を投げ付けた。徳利はあたしの背後に迫る男に当たったらしく、怒りの呻きが聞こえた。

「おっ母！　おっ母！」

あたしはおっ母に飛び付いた。おっ母はあたしを抱き止め、くるっと男の方へ背を向けた。そして呻き、うつ伏せに倒れた。

「おっ母？」

放り出されて道に尻もちをついたあたしは、倒れたおっ母を揺すった。でも手の触りがおかしい。不思議に思って両手を自分の顔に向けると、赤黒いべとべとが手の平にこびりついていた。

なにごとか分からず倒れたおっ母の腰を見ると、深々と突き刺さる匕首（あいくち）が見えた。着物からどくどく流れ、地面に吹き出る黒みを帯びた血は、地べたの砂を禍々（まがまが）しい色で固めている。

「あ……、あ……」

自分の息が荒くなるのを感じた。なにが起きたか分かっているけど、頭が呑み込もうとしなかった。

「手間ぁかけさせやがって。カッとなっちまった」

男はペッと血の混じるツバを吐き出すと、あたしに手を伸ばした。傍らでは葛忌がめちゃくちゃに男を殴っているけど、拳が透けて通って態を成さない。

「まあいい。用があるのはガキ一人だ。来い。ご同族がお待ちだぜ」

男があたしを摑むのと、同時だった。

「なにしやがんでぇ！」

おっ父の声だった。はっと振り返るとおっ父は腰を抜かす油屋の天秤棒を奪い、桶が繋がったままで振り回して、男のこめかみの辺りをパーンと打った。

男は悲鳴を上げ、倒れ込んだ。油まみれだ。おっ父は猛り、倒れた男をこれでもかと蹴り付け、打ち叩いた。

「おっ母！　おっ母！」

あたしはおっ母の体を揺すった。

おっ母はうつ伏せのまま顔をこちらに向けると、いつもみんなに向けていたあの笑み顔を、力なくあたしに向けた。あたしはここに来てやっと涙が溢れ出した。

「お医者に、お医者に行こう。あたしが……」

「いいんだよ」

泣きじゃくるあたしの頬を、震えるおっ母の手が撫でた。おっ母の体は穴の開いた袋みたいに血が溢れ、幼いあたしにも想像したくないさだめを悟らせた。

「おっ母……。ごめんよう、あたしが、ごめんよう……。あたしのせいで……」

「謝ら、ないの」

おっ母は力なく笑う。

「たった一人、わたしの、子だからね。母親の沽券にかけてねえ、あんたのためなら、なんだって……。あんたのせいじゃないの、あんたのせいじゃない……」

「あたしなんかどうでもいいよう……。お願いだから……」

「なんか、じゃない。——あんたは、特別なんだよ。わたしの自慢だよ」

震える腕を伸ばし、おっ母はあたしの頬に手を当てた。

「優しく、おなり」

ぬめりを帯びるおっ母の手から、だんだん力が抜けていく。あたしはその手を取り、うんうんと返事をして、泣いた。泣いて、泣いて、泣きじゃくった。

おっ母の体の下に溜まり続ける血はときを追うごとに広がり、夕暮れの強烈な茜を反射していた。


気が付くと、天井に向かって手を伸ばしていた。

こめかみには涙が伝った覚えが残っている。

あたしは手を引っ込めると目元を拭い、ふうと息をついた。静かで真っ暗な周りからは、そこここから女中の立てる寝息が聞こえてきた。隣の部屋からお滝さんのいびきも伝わってくる。

――大奥に来てからは、初めてだな。

あの日の夢。あたしはたまに見てしまう。

想像や願望を挟まずに、ありのままを見せつけてくる夢。後悔を押し付けて、謝りたくても謝れないおっ母を思い出させる夢。おっ母とはもう、この夢の中でしか会えない。あたしは体にかけた夜着の中で、横向きに寝転がった。

あれから、あたしは考えた。優しさってのはなにかって。

幸いおっ父の売卜は、それを思索するのにかなった商売だ。

あたしはおっ父を手伝って、お客をじっくり見て、悩みある人にどうすれば優しくなれるか、この人に優しいって言ってもらえるかって、ずっとずっとずっと考えた。考えに考えて考え抜いた。あんな別れ方になってしまったおっ母に安心して欲しかったから。

やがてあたしは知恵が付き葛忌の力も借りて、次第にお客の悩みを売卜以外の方法でも片付けるようになっていった。優しいねえ。助かったよ。そう言って感謝されて、少しは優しくなれてきた気はしている。

しているけど……。おっ母とはちょっと違うんだ。なにかが断じて違っていて、どれだけ人からお礼を言われても、褒められても、あたしの心は満たされなかった。だけど他に方法も知らない。おっ母の真似事を続けていても苦し紛れで、癒されない喉の渇きに水を注ぐようなものだった。ああ、思い出すとまた目の縁が涙で痺れてくる。

ごめんよ、おっ母。あたしが素直じゃなかったばっかりに。

『――また見たのか』

枕元から葛忌の声がした。骨のように気持ちが乾いたいまばかりは、この声にだって潤いを感じる。あたしも弱ってしまったものだ。

『どうしても見ちゃうね。後悔は罰みたいなもんだから』

『……あの徒者、同族がどうこう言って、晴明の血筋が故でお前をさらおうとしていた。土御門の他に、お前と同じような庶流がいるのかもしれない。だとしたらどこかで、……お前の子の代になるかもしれんが、また見えるだろう。そんときは俺が容赦しねえよ。だから、……お前はもう患うな』

『ん……』

『お前は向こうっ気が強いのに妙に悩むクセがある。言ってもお前の気鬱に届かないだろうが、ガキが口幅ったいのは当たり前だ。そうして親を試す。……なのに、なんでも自分のせいにして済ますのは、優しさじゃなくてお前がガキなままの証だ。悪人はあの人さらいでお前じゃない』

『──知ってるよ。だから、しんどいの』

答えると暗がりの中、葛忌がぬっとあたしの前に顔を出す。

『なら、もうお袋殿の背中を追おうとするな。お前はお前でお袋殿の代わりじゃない。お袋殿の遺言は呪いでなくて願いだ。履き違えんな』

『それも、知ってる』

あたしは夜着を目元まで持ってきて顔を隠すと、体を縮こめて目を閉じた。

『だけど、安心できないんだよ』

※

ふあ〜〜あ〜〜あ……。

と、長屋にいる気で大あくびをかましたら、すれ違った女中にクスクスと笑われた。似たくもないのにおっ父譲りで豪快なあくび、大奥にいる間は気を付けないと。また津岡様に叱られてしまう。

結局、昨夜はあれから眠りに嫌われた。

いつもは起こされたって起きないくらい深く眠るから、寝足りなければ調子が狂う。葛忌に憑依されて痛めた体も、まだ治っちゃいないのに。

『なっさけないな、お前は。俺が体を動かして四日も経つだろ』

『まだ五日だよ。あたしの体はバケモノに使われるようにゃできてないの』

とは言え、五日も経ってしまったのは本当だ。

なのにまだ、あたしを襲ってきたあいつの目星は付いてはいない。目的も不明。思い付く目は、もう大奥から消えたか、まだ女中に紛れているか、どこかに隠れているか……。いずれにしたって、なにかしら形跡がないと葛忌の力も使えないのだ。

あたしは久しぶりに晴れ渡ったお天道様の下、長局の廊下で上草履を滑らせながら考え込んでいた。

今日も手がかりを求めて二之側の辺りをそれとなく探ったけど、空気を掴むように手応えがない。或いは大奥は大奥でも長局以外の場所にいるかもしれないし、もしそうだとしたら、部屋子であるあたしは立ち入れない場所も多い。お手上げだ。上様はなにやら備えをしてくださると仰っていたけど……。

まあ、あいつもあたしたちが与り知らぬ目当てを果たして、もう与り知らぬ間にここから出て行ったのかもしれない。しばらく様子を見るしかないかな。

『俺が懲らしめてやったんだから、二度と出てこないと思うぜ』

『それ、昔やっつけたガキ大将がよく言ってたよ』

あたしは葛忌に答え、津岡様の部屋の戸を開けた。

中に人の気配はなかった。津岡様はまだお勤め。千鳥の間だろう。部屋方は長局のどこかでお喋りでもしているのだろうか。他の部屋子はお稽古ごとに忙しいはず。あたしだけほっつき歩いて無駄骨で帰って来て、なんか罪の意識が芽生えてしまう。

思い切って、また深夜に調べに行こうかな。

そんなことを思いながら、あたしは上の間の襖をガラッと開けた。

すると部屋の真ん中。

まるで見付けてくれと言わんばかりの目立ちようで、紫の布で包まれたなにかが置いてある。

なんだろう。誰かの忘れもの？

あたしはそっと近付き、腰を曲げて布の中を覗き込んだ。

すると中には赤ん坊がいた。

赤ん坊だ。赤ん坊。

髪も風になびくすだれほどで、目の開きも覚束(おぼつか)ない、小さな小さな赤ん坊。

は？

と、あたしの目が点になったその刹那。

もしかしたらよくできた人形かも、という淡い期待を打ち砕き、赤ん坊は力なく、だけど精いっぱい顔をくしゃくしゃにして泣き始めた。

※

津岡様の部屋で男の赤ん坊が見付かった。

その風聞は瞬く間に長局中が知るところとなり、すぐに広敷向の番部屋で詮議される運びとなったようだ。調番屋みたいに使うらしい。

あたしは赤ん坊を引き渡してお役御免……、になるかと思ったけど、最初に発見した。だから子守りをしろと命じられ、いま、その赤ん坊はあたしの腕の中。津岡様の部屋でお滝さんと面倒を見ている。

「よしよしよしよし泣かないで。頼むよ」

あたしが腕の中であやしていたら、

「乳かもしれませんよぉ。これ匙(さじ)ですくって飲ませましょう」

と、お滝さん。フタをかぶせた茶碗(ちゃわん)をズイと差し出す。

「膳所(ぜんしょ)で拵えてもらったんですよぉ。穀粉を煮溶かしたやつ。ここじゃもらい乳もできませんから」

「おっ。お滝さんありがと！」

確か乳が出ない女たちが使う汁物だ。お滝さん、年の功。

あたしは茶碗の前に座ると、人肌ほどのそれを匙ですくい、赤ん坊の口元へと運んだ。赤ん坊は煮汁を口に含むともむもむと口を回し、あたしは一生懸命なその様子を見ながら、やはりこれも怪異に当たるのだろうかと考えていた。

女だけの園に現れた赤ん坊。常識で考えてみれば有り得ない。ただ大奥に男手が入ることもままあるし、常識ではないだろうけど、常識の外じゃないのかなという気はする。

まあ、怪異になるだろうなあ。

昼にこの赤ん坊を見に帰って来た津岡様も、男の影を感じるこの件、大奥で大問題になるだろうって言っていたし……。

『葛忌』

『広い場所を見るのはしんどいのに。……赤ん坊落とすなよ』

不信も露わな葛忌の口ぶり。葛忌はあたしに告げたのちに目元の布をめくると、青くした瞳でじっとこの八畳の畳部屋を見回した。

『……女だな』

葛忌は覗いた目に苦痛を感じたのか、布を元に戻すと顔をしかめた。

『かなりの太肉(ふとりじし)だ。年は中年までかな。そいつがそのガキくらいの大きさのなにかをここに置いていった。だいぶ気持ちが乱れてる感じがする。ときはあんまり経ってなさそうだ』

『十分。この部屋にゆかりのある、それも肉付きのいい中年ってなると、だいぶ人が絞れるね』

『いや、肉付きがいいって体形じゃないな。太って……』

『そういうこと言わない』

『絶念は』

『取れるんじゃない？』

知らないけど。と、心の奥で付け足し、あたしは赤ん坊に目を移す。煮汁を頑張って飲み込んだこの小さな客人は、なにかを求めるようにあたしの指を摑むと、たぶん自分なりの強い力でぎゅっと握った。

あ、と思った。心臓が柔らかに高鳴って、知らず知らず顔が火照った気がする。

「……かーわいいねーえ」

あたしは腕の中の赤ん坊を、鼻がくっつくほど間近で覗き込んだ。赤ん坊はじっと不思議ななにかを目にするみたいにあたしを見返して、そしてまるでくしゃみでもするかのように、腹に入れたものをげぼっと勢いよく吐き出した。

吐しゃ物まみれになった顔を洗う。

吐かれたものには乳の香りも含まれていて、やはり赤ん坊が捨てられてから間がないのだと感じた。同時に疑問も。要らない子に、捨てる直前まで乳なんか与えるだろうか？　もしかしたらなにか紛えてあそこに置いた？

それにしても面倒を見てもらっている女に、こんな化粧をするとはひどい。ちくしょう、次はもうちょっと薄めの汁を拵えてやるからなと化粧を直していると、あたしはある場所にお召しを受けた。

※

詮議の場と定められた広敷向は番部屋。

なんだろうとすごすごと部屋に入ると、まず上座に香山様が座っていて、両脇を固めるように中年の女中が二人いた。

どうしてこんなに物々しいのかと思って腰を下ろしたけど……。

「あたしの子じゃないですっ！」

あたしは彼女たち三人に向かって悲痛な叫びを口にしていた。最初に見付けたから疑われるかもしれない。そんな思いもあるにはあったけど、まさか。

「落ち着け。こちらも断じているわけじゃない」

と、香山様。あたしの膝元に置いた赤ん坊はすやすや寝ている。

「が、赤子を見付けたのもそなた。置かれていたのはそなたが寝起きする部屋、そのとき部屋の者は出払っていた。そなたは平素より独り歩きが多い。奥入りした時期を考えれば、外で子種をもらっていても不思議なしではないか？」

香山様は威圧的に目を強くする。声は低く重みを帯びていて、筆頭御年寄の名は伊達じゃないと感じた。上様が奥女中の素性を洗い直すようお命じしていたお方で、実質的に大奥の全権を握る人だ。

確か五十絡みくらいのはずだけど、白いものも混じる髪をきっちり結い上げ、眼差しは刃物を思わせる鋭さで衰えを知らず、職務には極めて忠実。見られるだけで体の節々が痛くなってきそう。

「恥を明かすようで気が引けるが、ここでもごく稀に、こういう騒ぎがあるにはあった。だいたいが奥女中の産み落とした稚子らしい」

「……はい」

驚きはなかった。察しは付いていたし。

「産み落とした女中は、どれも腹の目立たぬタチだったと伝え聞く。で、あればそなたが腹の目立たぬまま産んでも道理としておかしくあるまい」

「いや、おかしいです！　あたし、ほら、元がこんなに痩せてますから！」

お清だし！　とは黙っておいたけど、疑われるのは甚だ心外だ。

『でもここでいいもの食うようになって、お前もちょっとだけ肥えたよな』

『あんた黙ってな』

あたしは背後の葛忌に答えを吐き捨て、帯の辺りをさすって香山様に訴えた。香山様は難しい顔をする。

「言わんとするところは分かる。だがわたしの意見だけでことを片付けても問題だ。そして言い合っていても埒が明かん。吟味すれば早い話」

香山様は両脇に控える女中に、それぞれなにか指示する目を送った。二人は頷くと立ち上がり、つつつと畳を滑るようにあたしとの間合いを詰めてくる。

「？　香山様？　なにをなさいます？」

「そなたが親か否かの吟味だ」

「いかようにして？」

「簡単なこと」

香山様が真面目な顔でうしろに控える中、表情のない女中二人の手は怪しい動きで、無遠慮にあたしに迫った。

「着物を脱げ。乳を改める」

※

広敷向にはあたしの悲鳴が大きく響き渡り、鳥たちが一斉に羽ばたいた。

自分の乳が女中二人に改められる中、あたしは真っ赤になった顔をずっと両手で覆っていた。すぐに乳が出ないと認められはしたけど、

「お産のすぐあとは、乳の出が悪い女も多い。潔白とは言えぬ」

との由で、とりあえず解放されたものの、これだけ恥をかいたのにまだ疑いが晴れてはいないひどい有様である。赤ん坊は泣いていたけど、あたしだって泣きたい。

「もうお嫁にいけない……」

『言いわけばかり増えていくな、お前は。子は産めよ』

『あんた胸揉まれて「この女、乳は出ません」って平然と言われたことある？　あたしあんのよ、ついさっき！』

あたしは心無い葛忌の言葉に涙声を返した。

あとでこいつに塩をまくと心に決めつつ、あたしは気鬱のまま津岡様の部屋に帰り着く。そして端切れで作った赤ん坊のおしめを替え、煮汁を飲ませ、通り一遍の世話をしていたら、呆然とした気持ちはだんだんと腹立たしさに変わった。

どうしてあたしがこんな目に？

産まれて間もない赤ん坊だ。それをこんな場所に置いて行く？　なんて馬鹿親だって思うし、しかも疑いがあたしにかけられているってんだから業腹もの。

やってやるぞという意気が衝き動かす。あたしは足に力を込め立ち上がった。

『行くよ、葛忌。親探し』

『俺は絶念が食えりゃいいけどな。でも目を使って気配の気付きがよくないから、いまは引っ込んどいた方がいいぞ。襲ってきたやつ、まだ分からないんだろ』

『まさか。疑われて黙ってたとあっちゃあ、雲雀ちゃんの沽券に関わるってもんよ』

あたしは赤ん坊を抱き、拳を握りしめた。

幸い葛忌の力で女中の風体は明らかになっている。あまりときを要せず見付ける自

信はある。決意に心が燃えてきて一歩を踏み出すと、

「あぁら、お嬢」

すっと障子戸が開いて、部屋にお滝さんが帰ってきた。帰ってきたのはいいけど、どうしてかあたしを見つめる顔が、イタズラを思い付いた童のよう。

「どうしたんですか？　なにか面白いことでも？」

「面白いもなにも」

お滝さんはあたしの腕の中の赤ん坊を指さした。

「見付かったらしいですよぉ、その赤子の親」

※

再び広敷向の番部屋に訪れると、上座に香山様、壁側に初野様がいた。

二人とも敷物の上に座し、ムスッと険しい顔。明らかに衝突があったあとで、最中に部屋の戸を開けないでよかったと心から安堵した。

「あのう……。お召しにより、赤ん坊を連れて参りましたけれど」

「大儀であった。親がじきに来る。控えておれ」

香山様が姿勢を崩さず、毅然とした声で指示した。あたしは言葉に従い、赤ん坊を抱きながらその場にちょんと座る。初野様は仏頂面で目も合わせてこない。そもそもなんで初野様がこの場に？

目玉をあっちこっちに動かし事様を探っていると、

「先ほどはすまなかった」

正面から。不意をつくように香山様が詫びを述べ、背がしゃんと伸びた。

「疑うしかできぬ婆の過ちだ。慰みにならんだろうが、おかしな女と笑ってくれ」

「あの、そんな、そんな……。香山様もお役目でされたこと。あたしは気にしておりませんので」

「そう言ってもらえると心が軽くなる」

香山様はほんの少しだけ笑んだ。面持ちは思っていたより柔らかくて、あの乳の件はけっこう根に持っているんだけど、まあいっかと思えた。

「ところで」

あたしは障子戸を見てから、また香山様に目を戻した。

「この子のおっ母さんって、どんな方だったんでしょう？　奥女中ですか？」

「奥女中、ではないな。そこにいる初野殿の部屋付き女中だ」

「あ……、なるほど……」

あたしはようやく、この部屋の妙な空気に合点がいった。

たぶんその話で言い争っていたあとに、あたしがここに入ってきたのだろう。初野様は相変わらず不貞腐れてあっちを向いていて、あたしと目も合わさない。

「初野殿。わたしへはともかく、雲雀にその態度はいかがかと思いますぞ」

香山様はきつく初野様を睨んだ。あたしとしてはもう険悪の火に薪をくべないで欲しいけど、そうとも言えない悲しい立場だ。

「この件、この大奥で最も迷惑を被ったのはそこの雲雀。部屋方のしでかしたこととは言え、初野殿から詫びの一つくらいあってもいいと思われますがな」

「んなこたぁ言われなくっても分かっておりますよ。わたしゃこんな場で軽く謝るんじゃあなくってね、あとできちんとした形で詫びさせて頂きますのでねえ」

抉り込む皮肉を口にして、フンと鼻息の荒い初野様。

部屋は殺気に満ち満ちて、異様な空気の重さがあたしの肩にのしかかった。腕の中じゃ赤ん坊が泣き始めたけど、やっぱり泣きたいのはあたしである。

帰りたい……。

「本当に、申しわけございませんでした」

しばらくして他の女中に連れ添われ現れた赤ん坊のおっ母は、お春さんといった。葛忌に聞いていた通りの見た目だけど、思っていたより若い。二十歳を過ぎた年の頃だろうか。この辺りバケモノの感覚はアテにならないか。

「わたしは秋江と申します」

お春さんを連れてきた、あたしと同い年くらいの女中……、着物から考えて部屋子かな？　うしろに控えた彼女は丁寧に畳に手をつき、自分の名を言った。

「初野様の部屋でお世話になっております。僭越かと存じますが、お春がきちんと皆様にことの次第を説明できますよう、側に付かせて頂きたく。なにとぞ……」

「かまわん。但し余計な口出しは無用ぞ」

香山様が秋江さんの同席を許すと、お春さんの面差しが若干緩んだ。そしてたどたどしくはあったけど、その口から仔細の説明が始まる。

お春さんはなんでも奥入りする前に情人がいて、懐妊に気が付いたのは大奥で御奉公してしばらくしてからという由だ。

誰かに相談も考えた。けど部屋親の初野様のご気性を思うと、身籠っていたとはとても言い出せない。仲の良い秋江さんにすら迷惑がかかると、相談は思い止まった。どうしようか悩んでいる内に腹は日増しに膨れていく。ただ元々がふっくらしていた体形だ。幸か不幸か目立つことなく過ごせ、つい今朝がた、産気づいたので頭痛と言って休みをもらい、厠（かわや）で産み落とした。

しかし産んでから大いに混乱した。思ったよりだいぶ早いお産だった。

産む前になんとか暇を乞おうと思っていたのに……。どうしたらいい？　ここは大奥。隠し通せるわけがない。決して自分の所為（せい）と明るみにしてはならない。その了見が見えない鎖になってお春さんを縛り、赤ん坊を津岡様の部屋に置いてきてしまったのだという。

後産（こうざん）などはまるでなく、出産後はすぐに動けたようだ。そういう女も稀にいるとは聞いたことあるけど、本当に頑丈なんだなと魂消てしまう。

お春さんは土下座に近い姿勢で、仕儀を説明した。初野様は一瞥もせずに、ずっと横を向いたままだった。

「では、この子が赤ん坊です……」

あたしは頭を下げたままのお春さんに寄り、腕から腕へゆっくり赤ん坊を渡した。

お春さんは涙ながらに、あたしに向けてか赤ん坊に向けてか、ずっと詫びの言葉を連呼し受け取った。あたしにとっても、辛い別れ。さようなら、少しの間だけのあたしの赤ん坊……。

「あの……」

赤ん坊に別れを告げていたら、お春さんの声。目を上げるとお春さんは心細そうに目だけを動かし、部屋を見回していた。

「すいません、今日、津岡様は……？」

「津岡様？」

どうしていまその名が？

と、思ったけど、迷惑をかけた詫びを言いたかったのかもしれない。

「たぶん千鳥の間に詰めておられます」

「……この稚子はご覧になられましたか？」

「？　ええ。昼に部屋へお戻りになって」

あたしが答えると、お春さんはあごを引いて目元を陰で隠した。そのとき、あたしは目にしてしまった。お春さんが片頰に浮かべる歪んだ冷笑。

見間違い？　いや、でも……。

「沙汰は追って報せるが」

ここで上座から香山様が、抑揚のない口ぶりで言った。

「恐らくは即刻、親元に送り返すことになろう。ただ奥女中ではないことを踏まえ、あとは家への注意に留めるつもりだ。荷をまとめておくように」

「ご迷惑を、ご迷惑をおかけして……」

お春さんの言葉は涙に濁り、これ以上は声にならなかった。さっきの顔は幻かと思うほど、気弱な面持ちだった。

「お春さん」

あたしは彼女の前に正座し、卜者の顔で微笑んだ。

どこまで本音かはお釈迦様でないと分からない。それに出産はともかく、保身で赤ん坊を放置するなんてとんだ業晒しだ。

とんだ業晒しだけど、彼女の涙を見ていたら全て嘘とは思えないし、後悔と悲しみの中に、一すくいの希望くらいはあってもいいような気がした。それこそあたしがそうありたい優しさではないかと。

「えっと、あたしはおっ父が卜者で、真似事をして色々と占うのですけど」

「……はい」

「せっかくなので、さっきこの子を占ったんです。そうしたら、ちゃんと先行きは幸福との易が出ました。だからあとは、お春さんの導き次第です」

「わざわざ……、申しわけございません」

「いいえ。最後にこれは、あたしからのお餞別」

あたしはお春さんの腕に眠る赤ん坊の額に、自分の人差し指を置いた。それから字を書く動きと分かる所作で、しゅしゅっとそこをなぞる。

「……これは、どういう？」

「念を込め犬と書きました」

「犬……？」

「『犬の子』というおまじないです。子の無病息災を願って。たぶんお春さんのこのあとは簡単ではありません。一生背負って生きてください。でも決してくじけないで。弱ったときは、このことを思い出して気持ちを強く持って」

「腕が寂しい」

あたしは津岡様の部屋へ歩み、空になってしまった自分の腕の中に嘆息した。

ああ、我ながら己の単純さに呆れてしまう。浅草に帰ったら子守りの仕事を増やそうと強く思った。自分の子は……、できるのかなあ。ちょっと想像が付かないな。

と、落ち込むあたしに輪をかけて、隣でもっと不貞腐れているのは葛忌である。口をへの字にむすっと不機嫌。

『もう、葛忌ちゃんなに怒ってんの。あたしに慰めの一つもありゃしないなんてさ』

『やかましい。お前は腕が寂しいかもしれないけどな、こっちゃタダ働きで口寂しいんだよ。誰だ、絶念取れるって言ったやつ』

『あれ？　出なかった？』

『あの女は最初から、いいか、最初からだ。自分からはなんにも諦めたりしてなかったよ。むしろ満足の気配を感じたね。なんてヤツだよ、ちくしょう』

『満足』

ってことは、やっぱりあのとき目にした面持ちは見間違いじゃない。

下手したら重い仕置きが待っているっていうのに。

なんか、人の暗い部分を見てしまったような。

でも番部屋で仔細を白状する口ぶりと涙は、後悔を抱えたホンモノに見えたけどなあ。人間の気持ちって、必ずしも全体が一色に染まるわけじゃないけど。

『……また、どっかで絶念取るよ。ここってそういう件が多そうだから』

あたしは上草履を踏みしめつつ、葛忌に声を向ける。

『もういい。お前の嫌がらせで、ちっとは気が晴れた。あれで勘弁してやる』

『嫌がらせ？』

『なんだ、わざとじゃないのか』

葛忌はフンと鼻を鳴らし、虚空に指を動かして文字を書く。

『さっきガキのデコに書いた字』

『犬の子？　もしかして間違えてた？』

『太になってた』

※

なかなか皮肉が効いていたと葛忌は褒めてくれた。

あっちは字なんて気にしていなかった感じだけど、失礼な誤字を書きつつあれだけ易者然とした態度を取っていたと思うと面目なくて泣ける。

『嫁どころか易も立てにいけないな』

『うっさい』

あたしは津岡様の部屋の壁にもたれ、うーっと呻いて手で顔を覆っていた。そんな気はなかったけど結果として体を誹るなんて、おっ母が一番嫌がりそうなことを……。優しくない……。おまけに赤ん坊ももういないし……。

「もうしー」

後悔に気持ちをクサクサさせていると、無遠慮な勢いで障子戸が開いた。部屋子のみんながお稽古から帰ってくるには早い。誰だろう。ひょいと首を伸ばし見えた人物に、あたしは慌てて畏まり畳に指をついた。

「これは、初野様……」

「やーだねえ。縮こまんないでよ。あんたとわたしの仲じゃないのさ」

声に妙な節が付いて慣れ慣れしい初野様。

嫌な予感がする。お楠様の件から、なんだろ。もうやだよ、この人は……。

「ほらほら、顔をお上げよ。どっちかというと、わたしがそうしなきゃなんない立場なんだからさあ、ほら」

「はあ……」

なんのことか分からず頭を上げる。初野様は胡散臭い笑みを顔に貼り付け、いかつい見た目に似合わず軽妙な動きですると部屋の中へと入ってきた。

「いま、他に人はいるかい？」

初野様があたしの前に座りつつ、左右に首を振った。

「二階は分かりませんけども。一階はいないと思います」

「そうかい。じゃ手早く済ませようかね」

「なにをでございましょう？」

「やだね、謝りに来たに決まってるじゃないの。ほら、お春が迷惑をかけてさ、のちほどちゃあんと詫びるって言ってたでしょ」

「あ、あー……」

思い出した。香山様に反論しただけと思って、すっかり忘れていた。

「いやね、申しわけないとは思ってたのよ。あんな迷惑こうむったら、わたしなら怒っちゃうもんねえ」

「はあ」

迷惑かけた側にもかかわらず怒っていたんだから、こうむったとなれば凄そう。

「だから、これ。お詫びの品」

布で包まれた薄いなにかを袖から取り出し、筋張った手で畳の上に置く初野様。あたしは「困ります」と、両手を向けて断ろうとしたけど、

「お菓子だよ」

「えっ、お菓子？」

と、葛藤もなく易々と倫理の壁を飛び越えてしまう。我ながらちょろい女である。

「そうそ、みんな大好きなお菓子。開けてみな」

「ええ〜。いいのかなぁ……」

と、くちびるを舐め、いそいそと包みを開けていくあたし。お詫びでもお菓子くらいなら道理の範囲だと思うし、お春さんの件では働いたし、乳も改められたし、赤ん坊がいない寂しさは甘いものでしか癒されないし、これだけ言いわけを並べたらまあ許されるだろう。と、開いた包みには……。

「は？　小判……？」

「気に入ってくれたかい？　みんなが大好き山吹色のお菓子が一枚」

初野様はあくどい商人みたいなことを言って、邪な笑みを頬に湛えた。まだあたしを困らせるのか、この人は……！

「いくらなんでも、これはもらえません！　お春さんの件も、あたしは務めを果たしただけです！」

あたしは小判を手早く包み直し、畳の上に滑らせつつ返した。

初野様は「まあまあ」って押し返してくるけど、こればっかりは譲れない。頂戴してしまうとこの上なくまずいし、あたしの倫理もそこまで堕ちちゃいないのだ。

『面倒臭いし、もらえばいいだろ。誰も見てねえよ』

『寝覚め悪くなるに決まってんでしょ』

頭のうしろで手を組む葛忌。あたしと初野様の間で行ったり来たりする小判の包みを追い、首を左右に眺めている。

「ねえ、雲雀ちゃん」

力を込めて包みを押し返すと、初野様は顔をしかめる。いつの間にかちゃん付け。

「心ばかりの品なんだけどねえ、これ。どうしても、もらっちゃくれないかい？」

「どうしても！　です！」

あたしは口を尖らせ、強い意志を示すために腰に手を当てた。初野様はふうと息を吐き出して、包みを袖の中に仕舞う。心底から安堵した。

「わたしゃねえ、これでもお春のことが心配なのさ。お楠が暇を出されちまって、おサネの面倒を見てくれた子だしねえ」

初野様は筋張る手で自分の頰を撫でた。手の甲には生傷もあり、猫を飼うのも大変なんだと、なんとなく思った。

「だから、言ってみりゃこのお菓子、この件の口止め料のつもりもあったんだ。いなくなったあとも、お春の名誉を守ってやれればって……」

「初野様……」

大奥の権力者、初野様が見せるしおらしい姿と真意。

あたしはそれを見て、優しい一面もあるもんだ……、とは思わずに、必ず裏があるに違いないと確信していた。さもなきゃ天変地異の前触れだ。

「……口外したりなんて、しませんよ」

あたしは平坦な声で言った。

但しあたしがわざわざ他言しなくても、赤ん坊のことは番部屋まで作られて、もう長局中の知るところとなっている。お滝さんだって親の件を知っていたし、あたし一人が口をつぐんだところでほとんど意味はない。

むしろ、この金子はお春さんの件で立場が微妙になった初野様が、自分の味方を増やしたいだけではないかとあたしは思っている。特に折り合いの悪い津岡様の部屋でも、新参者のあたしなら籠絡できると踏んだ……。

「別に金を受け取ったって、細作(さいさく)みたいに使いやしないよ」

初野様はあたしの了見を見透かしたように言った。あたしは咄嗟(とっさ)に目を逸らす。

「ただ、あんたが思っているのは当たらずといえども遠からずかもね。わたしゃ長局の嫌われ者で、味方が少ないから」

「そのような……」

と言いながら、言葉を打ち消すのは偽りで心苦しい。それに老練な彼女にはたぶん思ったことを読まれている。あたしは目を逸らしたままで、苦笑い。

「いんだよ。ただね、こっちにだって理はあるさ。わたしが嫌われてる由は、なにも業突く張りなだけじゃないの。新参者のあんたにはさ、ちょっとそこらを分かっていて欲しいってね。思ったんだ」

「はあ。どのような由を……」

思わず素直に聞いてしまう。初野様は豪快に口を開けてブハハッと笑った。

「もう過ぎたことだけどねえ」

初野様は遠い目をして、縁側の向こうの庭を眺めた。

「わたしゃ家継（いえつぐ）公が身罷（みまか）られたとき、次の将軍に吉宗公を推さなかったのよ。尾張殿を推してたのさ。尾張の継友（つぐとも）公」

「その辺の事情はあまり……。でもどうして？」

「だってさあ」

　初野様は左右を見て人の不在を確認すると、声を落とした。

「気味が悪いんだよ、吉宗公は」

「えっ！」

なんたる不敬！　と、続きを胸の内で叫ぶと、初野様は顔をしかめ、シーッとくちびるに人差し指を当てた。『お、気が合うな』と言った葛忌も睨んでおいた。

「いや、だって考えてもみなよ」

　初野様は目を丸くするあたしにかまわず続けた。

「吉宗公は四男坊よ？　なのに持病もなかった兄上が壮齢でいきなり身罷って、跡を継いだ弟君なんてさ、たったの三か月でお亡くなりよ。まだ三十にもなってないお年でさ」

「……しかし……」

　反論の言葉を探す。大人しくしとけば解放されるんだろうけど、妙な勘繰りで我が君を気味悪いと呼ばれちゃあ、どうにも気持ちの置き所が見付からない。

「まあ、分かってるよ。もしかしたら上の二人が続けて世を去るくらいは、ひょっとしたらあるかもしれないね。でも」

　初野様は言いながら指を折る。

「気味悪いのはそれからさ。五代将軍の綱吉公に、六代将軍の家宣公に、七代将軍の家継公。次期将軍って目されてた尾張の吉通公。やむなく尾張の家督に据えられた、たった三歳の五郎太公も。たった七、八年の間に、こんだけ。吉宗公が将軍になるのに邪魔なお人はね、なんでかみーんなお陀仏さ。……家継公なんて、……まだ御幼少であられたのにさ」

「あの、確かに多いですけど……。でもなにかに目を注いだら、そればっかり目立って見えちゃうもので、全部を上様に繋げて考えるのは無理があると思います。それに家継公は元々お体がお強くなかったと伝え聞いておりますが……」

「……笑ったお顔は誰より可愛かったんだよ。わたしゃ、信じない」

「可愛い、ですか？」

「わたしに、懐いてくれてねえ……」

初野様は少し目を伏せた。

そしてあたしはなんとなく、彼女から自分と同じ匂いを感じた。

この人もそうなのだ。あたしが上様に魅せられているように、この人もきっと、孫くらいのお年だった家継公に魅せられていたのだ、と。

あたしはケンカ腰にかまえていた自分の心を静めた。不幸をなにかのせいにしたい気持ちは、なんとなく分かってしまったから。

「去年の将軍職の争いは」

初野様の一言で、意識が現に戻される。

「尾張殿といまの上様の争いだったからね。わたしと何人かは尾張殿を推していたけど、一位様に香山殿に津岡殿。この三人が吉宗公を推して、そのまま決まっちまったんだ。吉宗公はちゃあんと大奥を味方に付けた。翻って尾張殿は大奥の力を甘く見てた節があったからねえ……」

当時を思い出したのか、初野様は苦い顔で舌打ちをした。

「わたしもあんときは筆頭御年寄だったのにさ。いまじゃ冷や飯食いでこの体たらくよ。上様は大奥の力をよお～くご存知で、わたしは返り咲けないでしょうけどね、せめて大過ないよう過ごしたくって動いてるけど、この気性だからね」

初野様はうなじの辺りをかいて立ち上がりながら、

「ああ、あと」

あたしを見下ろし、ついでのように付け足した。

「お春が、礼を言ってたよ。子が無事なのはあんたのお陰だってってね」

「猫ときたら次は稚子なんて。本ッ当に、あの方の局は面倒が絶えませんこと」

沸騰した湯缶みたいに頭にきているのはお鶴ちゃん。

※

島田に結った髪に華やいだ目鼻立ち。活花に踊りにと大奥で自分を磨く、あたしより一つ下で御家人の次女。あたしと同じ津岡様の部屋子である。

「そのお春とかいう者もですけど、やっぱり初野様です。難有る方は同気相求むと言いますが、その通りですわ。いずれ御殿下がりになるわたくしに言わせてもらえば、この場所の品格を汚さないで欲しいです」

ぷうと頰を膨らませているお鶴ちゃんを、あたしはまあまあと宥めていた。

さっさと逃げてもよかったけど、足は畳にくっ付いて動かない。何故ならお鶴ちゃんが踊りのお師匠さんから饅頭を頂戴してきて、あたしも内緒でご相伴に与っているから。

なんでも津岡様の饅頭好きをお師匠さんが知っていて、気を利かせて持たせてくれたとのこと。皿と同じ柄の茶碗から茶も香り、ああ、今度こそホンモノのお菓子……。

「だいたい、あの部屋には問題のある人が多過ぎます」

もぐもぐ頬を回しながらも、お鶴ちゃんの闊達な物言いは収まらない。

「そりゃ秋江さんって人は、いいお方なんですよ。お友達想いなんです。踊りのお稽古が同じで、わたくしもちょくちょくとお喋りをしますの」

「へー、あの人が。上手なの？」

「手と首の動きは滑らかで、しゅっと動いてきゅっと止まるんです。ああいうところはお上手で羨ましいのですけど、ただ足が少し外向きになりがちで。それだけはわたくしに分があるかもしれませんね」

「得手不得手ってあるからねー」

あたしは真に適当な相槌を打ちつつ、二個目の饅頭に手を付ける。

饅頭は中が透けるほどの薄皮で、見た目の割に持ってみるとずっしり重い。むちっとした歯応えのあとは、餡子が雪崩みたいに薄皮を破って舌と絡まり踊る。ほど良い甘さと歯応えの絶妙な調和。感動で魂が震えそう……！　しかし……。

「ですが初野様の部屋は他の人がダメです。特に糸井さんはお高く留まって……」

この饅頭をもってしても、お鶴ちゃんの口はまだ元気に動く動く。

でも誰か聞いていたらことだし、そろそろ止めようかなと思った、そのとき。

「これ」

と、あたしの代わりに止めるのは、いつの間にか戸口に立っていた津岡様。

おわすと知らず、あたしたちは大慌てで口のものを呑み下して畳に手をついた。

「畏まらずともよい。しかしつまらぬ噂話に現を抜かしておるのは感心せんぞ」

お鶴ちゃんは平身低頭。一方のあたしは頬張った饅頭が呑み下せず、まだもごもごやっていた。恥ずかしい……！

「あと、雲雀」

津岡様はあたしを見て、仕草で上の間に来るよう命じた。

「おぬしの生活態度の件で話がある。説諭になる故、お鶴は二階で控えておいてくれ。

――ああ、饅頭は置いて行け」


さっきの人払い。

あたしと津岡様の間では、もっぱら『お役目のことを報せろ』という符丁で使われる。使われるけど、あれじゃ誰が聞いてもあたしがひどく自堕落なだけの女なので、そろそろ他の方法に変えるべきだと強く思った。

「香山殿からだいたいのあらましは伺ったが」

津岡様は饅頭を食べながらでも、まるで佇まいが崩れない。茶を用意したけど手をつけず、ひたすらもぐもぐ饅頭を食べている。

「雲雀。故あって、わたくしは頭が平静に働いておらん。おぬしの了見を聞いておきたい。これは女中が起こしたただの一件か、背後に企みごとのあるものか」

「企みごと……」

「上様から賜ったお役目の件よ」

津岡様は饅頭の最後の一口を呑み下し、続けた。

「おぬしが襲われたこととの関わりはないのか？」

「いまのところ関わりは見られません。しかしいましがた初野様が……」

あたしは山吹色のお菓子の件を話した。津岡様は首を横に振って、長い長いため息をつく。

「……まったくあの女は……。厚かましいというか、なんというか」

「受け取らずにいたらお持ち帰りになりました」

「当たり前だ。わたくしがそんな恥を知らぬ者と同列など……」

津岡様は嘆くように頭を押さえた。顔は苦々しげで……。

「津岡様？」

「いや……」

「ご気分が？」

「……大事、ない……」

言い切る前に、津岡様は畳に片手をついた。あたしは畳を蹴って膝から滑り込み、津岡様の体を受け止める。

『なんだ？　病か？』

葛忌が腕を組み、側から津岡様を見下ろした。

『――たぶん、違う。さっきまではどうもなかった』

「すまぬ、雲雀……。少し横にさせてくれ……」

弱々しい声で息も荒い津岡様。さっきまでは明らかに達者だった顔色は、みるみる青ざめてきてもう見る影もない。

――もしかして……。

そっくり同じ容態を見たことがある。

あんまり思い詰めた顔をしたお客に、おっ父が易を立てたときだ。

お客の話す悲惨な境遇に気を遣い、おっ父は良い易を聞かせてあげていたけど、なにかがピンときたらしい。あたしと一緒にあとを付けたら、お客が帰った長屋で案の定。どこで手に入れたか毒を呷(あお)って自死を決行したのだ。

津岡様も、饅頭を食べていきなり。あのとき、おっ父は確か……。

「津岡様！　お茶を飲んでください！　一気にっ」

「茶は……、いまは要らぬが」

「いいから！」

あたしは雑に持った茶碗を傾け、津岡様の口にそれを流し込む。茶は口の端から零(こぼ)れ落(お)ちるけど、いくらかは喉を通ったはずだ。

「ご無礼を！」

あたしは津岡様の喉に指を突っ込み、その奥をまさぐる。津岡様はとたんに嘔吐(えず)き、腹の中のものを畳の上に吐き出した。——出てきたのは、恐らく饅頭と朝餉(あさげ)のものが少し……！

遅れて恐怖があたしの心に追い付く。自分がいなかったらと思うとゾッとした。

でもどうして津岡様が？

同じ饅頭を食べたあたしはもちろん、お鶴ちゃんも無事なのに。

『葛忌』

『無理だ。吐き出したもんに色々混じり過ぎてて饅頭だけを見られん。あと日に一回は嫌だ』

『……この辺りに怪しい気配は？』

『そいつも無理だ。知ってんだろ？　ものの憶えを見たあと、しばらくは気配を感じる力が馬鹿になる。ここんとこ使い通しで、前よりだいぶ戻りが悪い』

「…………」

饅頭はもうない。全てあたしと津岡様とお鶴ちゃんの腹の中だ。

——これは、放っておけば怪異に……。

※

だけど放っておかないのが、あたしのお役目。

草木も眠る丑三つどき。あたしは屋根裏にそっと津岡様の吐しゃ物を置いた。

ネズミの往来が激しい場所で、果たして。と思ったけど、案の定。翌朝に見ると、その傍らに転がるのはネズミの死骸。

含まれているのは毒で間違いはない。あまり詳しくはないけど、無味で無臭の毒があると聞いたことがある。

幸い津岡様の病状は大事に至らず、匙と呼ばれる奥医師の見立てだと二、三日も養生しておけばよくなるだろうという由だった。


昼間に津岡様が横になっている姿は、なんとなく新鮮だった。

あたしが部屋に入ると「雲雀か」と、津岡様は病鉢巻を巻く頭を少し起こす。

慌ててあたしが枕元に侍り夜着をかけると、津岡様は天井に向かって疲れのこもる息を吐き出した。様子は朽木(くちき)のように心許ないけど、顔色は昨日よりだいぶいい。

あたしは辺りの無人を確かめてから、ネズミの件を津岡様に報せた。彼女は難しい顔で天井の木目を睨みながら、

「内密に」

と、湿った花火みたいに弱々しく口にした。でも真意を測りかねる。

「それは、上様にも、という意味でございますか？」

「そうして欲しい」

「――事情をお伺いしても？」

「……おぬしの立場を考えるなら、言っておかねばなるまいな」

昔話だが。津岡様はそう断って、ご自身の若い頃を語られた。

ときは遡り、二十年前。

津岡様には心に決めた相手がいた。

同時に、大奥へ奉公に出る伝手（つて）もあった。

津岡様はいわゆる女の幸せを手にしたかった。相手とは幼い頃から気心知れて睦（むつ）まじく、この人と生涯を添い遂げたいと思える男だった。

だけど相手も自分も、お世辞にも裕福とは言い難（がた）い家柄だった。津岡様の二親（ふたおや）は禄を食める奥奉公を望み、津岡様は涙を呑んで望む幸せを捨て孝行を取った。

そしてときが流れて、いま。

お春はどうして、自分の部屋に赤ん坊を置いた？　喉に引っかかる小骨のように、何故だか津岡様はお春さんが気になった。

そこで香山様が調べている女中の身元改めを見せてもらうと、懐かしい名前がそこにあったという。

「お春はわたくしが好いた男の店で働いていて、理（わり）ない仲だったということだ。恐らく赤子をわたくしに見せつけるのが奥奉公の目当てだったのではないか。事後にわたくしがお春の素性を調べるくらいの算は立っているだろう」

——好いた男の赤ん坊……。

「どうして、そのような……」

「想像だが」

津岡様は頭を回してこちらを向き、短く息をついた。

「勝手な想像だがな、お春はあの方の仕草などに、わたくしの影を見たのかもしれん。妬心か、或いはあの方を捨てたわたくしへの怒りか。いずれかの由で、わたくしの得られなかった幸せの象徴を見せ付けにきた。大方でこんなところだろう」

「…………」

筋は通っている気はする。

かつての想い人の子がこの部屋で寝ていたなんて、偶然はそこまで物語を拵えない。津岡様の推察の是非は置いて、なんらかの意図が絡んでいると考えるのが自然だ。

「あの方にはずいぶんひどい仕打ちをしてしまった」

津岡様が続ける。

「お春が代わりにわたくしを罰しに来たのなら、どうやったかは知らんが毒くらいは甘受しよう。こんな有様なのにあの方が店を持って子をなしたと知り、どこか安心している自分もいるしのう」

「毒も、お春さんの仕業だと？」

「おぬしを襲った人間でないなら、他に狙われる由が分からん」

「あたしは……」

言いかけ、言葉を呑む。

けどやっぱり違うと思って、あたしは臥せる津岡様の手を握り伝えた。

「あたしはたとえお春さんの仕業でも、放っておくのは優しくないと思います」

「……何故？」

「毒を入れたのがお春さんなら、また同じことをするかもしれません。毒を入れたのがお春さんではなかったら、思い違いでこの先ずっと津岡様がお辛くなります。……だって、毒の件がなければ、赤ん坊で安心して終われたわけでしょう？」

あたしが言葉を言い切ると、津岡様は顔を天井向きに戻し目を閉じた。

「そうか」

「そうです」

「……そうだな。任せる」

「務めを果たします」

「ああ」

津岡様は閉じた瞳からこめかみへ、光るものを一筋流した。誰を、なにを想ってなのか分からなかったけど、津岡様の後悔と葛藤は伝わってきた。

「津岡様……」

「おぬしに叱られるなど、我が身が情けのうてな……」

※

「いえ？　ただのお饅頭だよ」

長局の三之側。一之側に比べると狭い畳部屋。

あたしはお鶴ちゃんに饅頭を渡したという、御次のお伊代様の元を訪れていた。いきなり訪ねたけどお伊代様は初対面のあたしを疎む素振りもなく、丁寧に畳部屋で応対してくれた。香を焚き染めたいい匂いがする。

御次とは遊芸などを披露し、平時は御仏間の清掃や献上品の持ち運びなどをこなすお役である。上様の御目に留まる機会も多くって、御中臈の多くはこのお役の出身だ。

それだけにやはり佳人が多いと感じる。

「実は津岡様がお礼状を認める前に、あたしとお鶴ちゃんで全部食べてしまってお叱りを受けまして……。覚えも朧なので、詳しくお伺いしようと。お鶴ちゃんは外せない用向きがあるらしく」

「なんだ、津岡様は食べられなかったの。そりゃ怒るよ」

お伊代様はケラケラ笑うとあごに指をやり、うーんと虚空を見つめた。

「ただお礼状を頂くほどではないけどね。まあ、あえて言えばただのお饅頭ってわけじゃなくて、実のところは万町の汐地のなんだ。伝手があってね。津岡様にって思ったけど、けっこうたくさん手に入ったからさ」

「汐地！」

あたしは背がピンと伸びた。汐地と言えば浅草まで音に聞こえる評判の店。なら、これぞ職人芸！　ってあたしを唸らせたあの薄皮も頷ける。

「ま、たくさんって言っても」

お伊代様は気風よく笑いながら続ける。

「みんなに配れるわけじゃないからさ。昨日来た秋江ちゃんとお鶴ちゃんの部屋だけだね。二人とも頑張ってるし……。特にお鶴ちゃん、わたしが昔お世話になった人と名前が似ててね。特別かな」

御次は手隙の時間、部屋子などに遊芸の稽古を付けてくれる。花嫁修業にする人もいるし、上様の御側室(ごそくしつ)を望む者が習得して御次のお役を狙う場合もあったりする。目当ては人によって様々。

「重ね重ね恐縮なんですけど」

あたしは窺うように、上目でお伊代様を見つめる。

「どうやって饅頭をお渡しになられました？　お伊代様が直に？」

「いいえぇ。確か菓子盆を二つそこに置いて」

お伊代様は部屋の隅を目で示した。

「それをあの二人に持ってお帰りって言ったんだよ。同じ汐地の饅頭で数も同じだから、どっちの子がどっちを持って帰ってもよかったしね」

「なるほど」

なら、お伊代様は毒とは関わりがない……？

確かに渡した本人が饅頭に毒を盛るなんて、罪を隠す気がない者の仕業。お伊代様の開けっ広げにも思える態度がそれを隠すためだとしたら、明らかにその分かりやすさと矛盾している。

※

なら饅頭に毒を盛る機会があったのは、あたしとお鶴ちゃんということになる。

もちろんあたしの仕業ではないから、お鶴ちゃんが科人……？　いや、決め付けちゃいけないけど、考え難いなあ。定まりごとを破るのが嫌いな子だし……。第一に由がない。


あたしはブツブツと呟く口元を指で軽くつまみ、一之側へ戻っていた。

日差しを浴びた板廊下は、上草履を挟んでも足に温かい。

チラと横を見ると中庭の草葉が陽の光を映し、尖った輝きに目が鈍く痛んだ。昨日辺りからずっと油照りで、そろそろ夏が本腰を入れ始めたのだと嫌になる。あたしは額に手を立てて、しかめた顔に陰を拵えた。

おっ父は陽に炙（あぶ）られて参ってないかな。そんなことを考えると、

『あの初野ってやつに違いないって』

隣に並ぶ葛忌が確信に満ちた口ぶりで言った。

『くだらんことを企みそうなババアだった。津岡ってお前の部屋親ともつれてんだ

ろ？　毒を盛るに十分な由だ。お前が金を受け取らなかったんで、とうとう堪忍袋の緒が切れたんだぜ』

『かもしれないけど、決め付けちゃいけないよ。そもそも毒を盛った方法が分からないんだから』

『なら、さらって痛めつけてやりゃいい。二、三発も殴りゃあ白状するさ』

『人間様には常識ってもんがあんのよ』

『じゃあどうすんだ』

葛忌の口ぶりがムッとする。

『さっきの女からも手がかりが聞けなかったろ。ちょっとくらい強引にいっとかないと、いま手詰まりになってんのはお前だからな』

『ふぅん。手詰まり？』

あたしは持ち上げた口角に意味を含めた。

『言っとくけどね、葛忌。雲雀ちゃんにそんな言葉は似合わないの。お伊代様からは、ちゃんと聞いちゃったもんね。手がかり』

『ほう？』

『またあんたに働いてもらうよ』

『目ぇまだ痛むんだけどな……。次に食いっぱぐれたら、二度とやらないからな』

葛忌が語気強く返事を寄越した、そのとき。

「あらあ。津岡様の部屋のお方ですねえ」

と、廊下を折れたところで現れた慇懃に笑む女。

話したことがない人で紛えていたならありがたかったけど、残念ながら顔には覚えがある。初野様の部屋子で、昨日お鶴ちゃんが話の種にしていた糸井さん。脂下がった面持ちで、化粧がすこぶる濃い。

面倒臭いのに会っちゃったな……。この人、津岡様の部屋にいるってだけで、親の仇かってくらい敵対視してくるんだよね……。

なんとか穏やかに過ぎ去りますように。あたしは深々と頭を下げながら祈り、

「お話しするのは初めてですね」

と、波風を立てないよう、顔に微笑みを拵えた。

「あたしは津岡様の部屋子で雲雀と申します。ふつつか者ではございますが、お見知り置きをお願い致します」

「存じておりますわ」

温かみを感じない面持ちで、糸井さんが笑った。

「風の沙汰ではお稽古ごとも部屋の御用もせず、昼間から長局のお散歩に高じてらっしゃるとの由。優雅なご身分で羨ましく思っていますの。比べてわたしなどこれからお伊代様のお稽古。雲雀さんをマネて嬾惰に過ごしてみとうございますわ」

糸井さんは分かりやすく嫌味を口にして、満足の破顔。あたしはかろうじて笑みを顔に貼り付けながらも、頭に昇った血がこめかみの血筋を膨らますのを感じた。

『お前の体に入って、死なない程度に痛めつけてやろうか？』

『誘惑しないで』

なるほど。お鶴ちゃんが嫌う謂れが分かってしまった。お高く留まるというより、この人は他人から憎まれるのを厭わない。そこはほんの少し羨ましくあり、でも気持ちのほとんどでは呆れてしまう。

「悪い噂は不徳と致すところです。気を付けますので」

では、と、部屋へ足を向けるあたし。だけど背中にはなお糸井さんの声が。

「あらあ、お言葉を交わしたところ、噂だけではないご様子ですけれどねぇ。津岡様が臥せっておられるのに、こうしてほっつき歩いているのですもの。そんな体たらくでは、どうせお春のように辞めさせ……、辞めてしまうのではありませんか」

「失礼」

あたしはにこやかに振り返る。

「どうして津岡様が臥せっておいでと？」

「初野様が仰っておられましたよ。同じ御年寄ですし、なんでも知ってらっしゃるわ。鬼の霍乱とはかくの如しよなあと」

オッホホホホ〜。

糸井さんは手の甲を口に哄笑すると、長局の廊下の果てへ上草履を滑らせ消えていく。廊下には感じの悪い金持ち笑いの余韻だけが残り、あたしが心に認める『必ず仕返しする目録』の、第一号を飾った。

『くだらんこと企みそうな女だ』

腕を組み、葛忌が口をへの字にして言った。あたしも同じ姿勢でうんうんと頷く。

『毒を盛ったのはあいつに違いないな』

※

葛忌と話していたら科人ばっかり増えていく。

あたしは嫌味な女を頭の中から片付けて、早々に津岡様の部屋へと戻った。障子戸を開けると、津岡様は布団に座ってお鶴ちゃんと話をしている最中。顔色も幾分よくなったようでほっとした。

「如何でしたか」

お鶴ちゃんがあたしに気付き、焦りを含む口ぶりでこちらを向いた。

彼女には他言無用で饅頭の毒についてだけ聞かせている。近い内にまたお稽古でお伊代様の部屋を訪れるだろうし、津岡様の病状も察しが付くだろう。なら、下手になにか隠しても明るみに出ると思ったから。

「ん、お伊代様は関わりがないと思うよ」

あたしは寝装束の津岡様を横に、お鶴ちゃんの正面に座って答えた。

「では、毒は……」

「いまとなっちゃ分からないかもねえ。どっかでネズミ退治の毒でも付いちゃったのかもしれないし」

「そんな……、じゃあ、もしかするとあたしが……」

お鶴ちゃんが帯びる強気が、あたしの一言でみるみる溶けて曇っていった。心に問うようにわざと試す言葉で窺ったけど、面差しに演じている様子は見えない。

「冗談だよ、ごめんね」

あたしは苦笑を浮かべる。

「だってお鶴ちゃんは菓子盆に載っけて、お伊代様の部屋から饅頭をここまで持ってきたんでしょ？　で、食べやすいように茶碗と同じ柄の皿に移し替えて、あたしたちに出した。だから毒が付く隙なんかないよ」

「はい……」

「ちなみにさ、その菓子盆ってどこ？　返しておいてあげる」

あたしが促すと、津岡様はこちらの意図に気付いたのか、力なく笑った。

二階に上がったあたしと葛忌。

急ぎ周囲の無人を確かめ、襖を閉めて着座。膝元に菓子盆を置いた。

『で、この菓子盆の憶えを覗くってわけか』

『頼むよ。早くしないと憶えが消えちゃう』

『……やってやるけど、用心して過ごせよ。気配読みにくくなんだから』

拝むように手を合わせたあたしに、葛忌はため息をついて目元の布をめくった。

あたしは息を呑む。軽く耳が詰まった。

　こいつがこうして力を使うとき、あたしはよく川の底を思わせる不思議な感覚に包まれる。普段はただの生意気な化け狐なのに、このときばかりはまるで幻覚の中にいるように、計り知れない神秘を感じてしまうのだ。

『──ダメだな』

　しばらくすると、葛忌はふうと息をついて目元の布を元に戻した。

『なんで？　もう消えてた？』

『いや。そういう感じじゃなかった』

　葛忌は小首を傾げる。

『手応え……。この場合は目応えってとこか。それがなさ過ぎる。憶えが染み付いた跡すらない』

『つまり……？』

『少なくともこの菓子盆に饅頭が載っている間は、誰も感情が昂るような特別なことをしていない。毒が盛られたのは別のときだ』

『ウソでしょ……？』

　なら、どこで誰によって毒が盛られたんだろう。まさか本当に……。

　考えたくない人物に思い当たったとき。

なんの前触れもなく、いきなり——。

まるで身が裂けていくときに出てくる、突拍子もなく甲走った声が部屋中に響き渡った。——この声、お鶴ちゃん？

あたしは葛忌と顔を見合わせ、互いに身に覚えがないと目で確かめ合う。頭にはあたしを襲った何者かが浮かんだ。あたしは滑るように大急ぎで階段を下り、廊下と出入りを結ぶ障子戸に駆け寄った。

「あ、あああ……」

開いた障子戸の手前にはへたり込むお鶴ちゃんがいた。腰が抜けているみたいで手で後退り（あとずさ）しているけど、ほとんど動けていない。

「お鶴ちゃん？　どうしたの？」

「あ、あああ、雲雀さん……。あれ……」

お鶴ちゃんは側に寄ったあたしにしがみつき、障子戸の廊下側を指さした。震える人差し指の先には……。

「あ」

見慣れているけど、最近縁のなかったものがそこにあった。

障子戸の枠木に打ち付けられ、死人みたいにだらりと垂れた藁人形。

見なくなって久しいけど、懐かしい。言わずと知れた呪いの道具で、相手を懲らしめたり殺したいときに用いるやつ。

『大奥でよくこんなもん拵えたね』

『藁どうしたんだろうな』

首を傾げて葛忌と話す。

彼が言う通りありそうに思えて、大奥で藁なんか調達するのは難しそうだけど。藁でできたなにかを解いて拵えた？　いや。それでもそのなにかだって、どこか手に入れなければならない。人や部屋のものに手を出したりしたら、そこから足が付くかもしれないし表では人目に付く。それに、普通の藁じゃないな、あれ。

「な、なななななにか音が聞こえて！」

じっと考えていると、やっと出てきたお鶴ちゃんの声で意識が戻る。

「戸を開けたら、こここれが打ち付けられていて……。わたわたわたくし、とにかく驚いて！」

瞳にいっぱいの涙を溜めるお鶴ちゃん。

可哀(かわい)そうにあたしにしがみついて震えているけど、こちらとしては僥倖だ。だってあたしはこの道じゃ門前の小僧。こんな馴染(なじ)み深いものは脅しにもならないし、それどころか葛忌を擁するこちらにとって、思いもよらぬ手がかりだ。

藁人形をひょいと手に取ると、簡単に枠木から外れた。藁と見えたのは竹皮で変なクセが付いており、人形の造りも粗い。釘の代わりに藁人形を刺していたのは元結通し。こんなんじゃ深くは刺さらないだろう。

「そ、その元結通し……。覚えがあります……！　確か初野様がご自慢されていた道具一式の中に……」

「初野様が」

ふーんと答えて、あたしは表裏を返して見る。なんの変哲もない元結通し。

『……ねえ、葛忌ちゃん。見てくれる？』

『さっきやったばっかだろうが。無理』

『ありがと！』

葛忌の承諾も取り付けて、あたしは燃えるやる気に相好を崩す。

だけど、まだだ。まだ足りない。

たとえこれで科人を葛忌が見たって、それだけで相手を詰められないから。飼っている化け狐が見ましたと言っても、正気を失ったって言われるのがオチだ。

まだ時宜じゃない。もっと言い逃れできない証を固めていかないと。

※

葛忌の目に映ったもの。

筋張った傷のある手。そして藁人形を打ち付けるときの念だろうか。小声ながら聞き取れた『失脚』という言葉。あとは初野様の部屋へと逃げるうしろ姿。

あまりはっきりとは見えなかったらしいけど、これだけあれば十分だ。あたしの了見じゃ、たぶんあの人が科人。

しかも大きなオマケまで付いた。前日……、津岡様が毒を盛られたときの様子も、葛忌の目にほんの微かだけど映ったらしい。

それは初野様が出て行き、お鶴ちゃんがお稽古から帰ったあと。動きを見計らい部屋の戸口に細工をするような人影。

『たぶん』

あたしは手がかりを求め廊下を歩きながら、人差し指を頬に当てた。

『饅頭に毒を盛ったのは津岡様ご本人と思うのよ。っていうか、あたしにはそれしか考えらんないね。科人はなかなか狡賢(ずるがしこ)いよ』

『…………』

『きっと昨日、お鶴ちゃんが部屋に入ったあとで、科人は戸口に毒を塗り込んだ。のちに戸口に指をかけて開けた津岡様が、その指で饅頭を食ったってわけ。饅頭じゃ黒文字を使わないからね。饅頭が部屋にあること、津岡様がお帰りになるときを知ってたら、とっさの思い付きでも狙い撃ちできるでしょ。たとえ饅頭を食わなくても、指に付いた毒なら、なんかの形で口に入るかもしれないし』

『…………』

『葛忌、聞いてる？』

『聞いてない。ちょっと静かにしてくれ』

葛忌は力ない声で答えを返し、姿を見せない。弱ったり機嫌が悪くなったら、首にかけている竹管に籠って出てこなくなってしまう。いまはたぶん両方なので、当分の間はこの調子か。

『ねえ、葛忌。悪かったよ。機嫌直して』

『…………』

完全に拗ねている。

やり過ぎたかなあ。奥入りしてからこっち、上様のお側で浮かれていたと言えばその通りだし。お役目で葛忌の力をよく借りて、思い返せばだいぶ負担になっていたと思う。バケモノとは言え弟みたいなもんなのに。

『言っておくが』

葛忌があたしの中に声を響かせる。

『ここんとこの目の使い過ぎで、ちょっとの間は気配が読めん。いままた同じやつに襲われたら、もうどうしようもないからな。自分がどんだけ危ない橋渡ってんのか弁えろ。頭に苦無がぶっ刺さっても、もう知らん』

『……ひょっとして、それで怒ってるの？　自分のことじゃなくて？』

『…………』

そっか。

能天気にしていた心に、おっ母が映った。

ああ、あたしは、なんにも分かってないんだな。

あのときからずっと、なんにも成長しちゃいないんだ。

『ごめんね』

鼻の奥がツンとくる。普段は意地が邪魔して言えない詫びの言葉が、今日はするっと喉から滑り出てきた。

あたしがおっ母みたいになれるのは、いつになるのかなあ。

考え、俯く。

すると、そこにあった。

藁人形の材料が。


曇天模様の空の下。あたしが訪ねたのは、またお伊代様の部屋。

菓子盆を返すためのお伺い。って態を借りて、あたしには尋ねたい儀があった。あくまでついでって感じで。

障子戸を開け戸口に立ったまま尋ねると、

「ええ。間違いないよ」

お伊代様はあたしの問いに、きょとんとしながら答えてくれた。

「けど雲雀ちゃん、よく分かったね。着物に隠れて見えないのに」

「なんとなく。あたしの足もちょっとそんな感じだけど、お稽古すれば上手く踊れるのかなあって思ったんです」

「そ」

お伊代様は肩を竦めると、嬉しそうに頬を緩めた。

「わたしが昔お世話になった人の御夫君がね、努力ってやつは絶対になんかの形で身になるんだって教えてくれたよ。ずっと敬ってた人で、わたしが心に刻んでる言葉さ。津岡様のお許しが出たら、いつでもお出で。両手を広げて歓迎するよ」

「嬉しい！　おかたじけでございます。それで、その津岡様ですが」

「ん？」

「実はお伊代様とお話ししたいと仰っております。お手隙なら部屋へお越しくださると嬉しいのですが……」

※

あたしは髪を下ろし、畳に座して待っていた。

証は拾った。縁の下に隠すように捨ててあった。

それはあたしの読みを裏付けるもので、と、なれば科人はあの人で間違いがない。

『……そんな外側の潰れた草履が証になるのかよ』

葛忌が竹管の中から声を出す。

『なるよ。気になる？』

『…………』

『ね。返事はいいから、聞いて』

あたしは自分の胸元にいる化け狐に話しかけた。

『分かってると思うけど、いまから会う人が科人。もしかしたら、あたしを襲ったヤツと同じかもしれない。もしものときは、逃げるくらいはできる？』

『――やれるだけやってやる』

『ごめんね』

『もういい』

『誓うよ。もう無茶はさせないから。おっ母に誓う。誓って葛忌に優しくする』

『期待しとくよ』

葛忌は不愛想に答えた。あたしは肩の荷が下りたような心地で太い息を吐き、天井を見上げる。すると、

「もうし。お召しで参上しました」

障子戸の向こうの人影から訪い(おとな)が入った。

いよいよ迫るそのときに、あたしは心に住む卜者の自分を呼び覚ます。気を静め

「入ってください」と応じたら、ゆっくり戸が滑り、広がっていく隙間からは待ち人、秋江さんが顔を見せた。

「あれ」

彼女は待ち受けるあたしを目にすると、場所を確かめるように首を左右に回す。しかし紛えていない。そう分かると不思議そうな顔をこちらに向ける。

何故ならあたしが座すここはお伊代様の部屋。部屋の主は協力してもらった津岡様の元だ。お鶴ちゃんやお滝さん、一件に関わりのなさそうな部屋方のみんなも津岡様といてもらっているし、万が一があっても心配ないだろう。

「すいません。お伊代様は津岡様が部屋にお呼びしているんです。お帰りになるまで、あたしが秋江さんのお相手を務めますので」

「あ、左様ですか。もったいのうございます」

秋江さんは合点を得た返事をすると、上草履を脱いで畳部屋に上がった。所作は硬く、なにかと用心を払っているのが見て取れた。

「あ、その上草履」

「はい？」

戸口で上草履を揃える秋江さん。あたしの言葉に怪訝な顔を返した。

「いえ。新しい上草履だなって」

「ああ。前まで履いていたのが潰れてしまって。それで新しいものを」

「そうですか。綺麗な上草履で羨ましいです」

あたしが言うと、彼女は軽口に付き合うように少し笑んだ。

きっとなんの会話か分かっていないのに、嫌な顔一つ見せない。美人だけど陰を持つ顔立ちで、なるほど、確かにこんな人が物憂げに踊っていたら人の目を惹きそうだと感じた。

秋江さんは、あたしの正面にストンと座る。

そして通り一遍の挨拶を交わしたあと、

「あのときは……」

秋江さんはくちびるを噛み、顔を前にしたまま畳に手をついた。手は筋張っていて、甲に傷が付いていた。

「お春の件でご迷惑をおかけして……。その、申しわけもございません」

「よしてください。なにも思っちゃおりませんよ。秋江さんがなんかしたわけでもないし、……赤ん坊のお世話もできたし。あれ、嬉しかったんです」

「……赤子へのおまじない、お春は喜んでおりました」

「あ、ああ〜。大したことは……」

失敗を思い出し、頭をかいて目を逸らす。『本当に大したことがないからな』と、葛忌も腐してきて、なんか初手の探り合いで負けた気持ちになった。

「あの、でも」

あたしは気を取り直し、空咳（からせき）を挟んで続けた。

「偉いのはあたしなんかより、秋江さんですよ。あたしはそう思います」

「わたしが？　何故」

「ええ。だって、考えてもみてください。あんなおどろおどろしい番部屋に、友達の付き添いで来られてましたし」

「そんな……、お春が心細そうだったから」

「そのお春さんのために、呪いの藁人形を拵えたり」

あたしは言った。

微笑みを顔に貼り付けたまま、平坦な口ぶりで。

秋江さんは畳に目線を縫い付け固まる。まるでときが止まったように。

縁側の向こうからは陽が射し込み、空気が硬くなったこの部屋に蝉の声を届けた。

無言の部屋にそれはよく響いた。

あたしたちはしばらくそのままだった。

たぶん秋江さんの頭ではいま、色んな言葉がせめぎあって、あたしに対してどうしようか、どうあるべきか結しようとしている。戦うか逃げるか、シラを切るか白状するか……。

あたしは祈る。優しく終わらせて欲しいと。あたしは優しくありたいと。そして、

「だけど、残念です」

口火を切った。秋江さんは目を逸らしたままでくちびるを噛む。

「秋江さんが拵えた呪いの藁人形って、実はお作法がおざなりだったんです。言いましたよね？　あたし父が卜者なもんで。正しくはこれ、丑（うし）の刻（こく）参りと言うんですよ。ご存知ですよね？」

「……存じ上げません」

秋江さんが答える。が、声に力は宿らない。あたしは構わずに続けた。

「名前の通り、これは丑満つどきの神社に参じて、七日間。毎日、藁人形に五寸釘（ごすんくぎ）を打ち付けるのが作法です。白衣（びゃくえ）と神鏡を身に付けて、一枚歯の高下駄（たかげた）を履いて。あと、秋江さんは女ですから櫛をくわえないといけません」

あたしは袖から件（くだん）の藁人形と元結通しを取り出し、秋江さんの前に置いた。現から

目を逸らすように、彼女は藁人形すらも見なかった。

「あ、作法はまだあるんですよ。かぶった五徳にロウソクを三本刺して、あとは特別な神言を……」

「もう、いいです」

秋江さんが真っすぐにこちらを見て、言葉を遮った。

「さっきから……！　根も葉もない疑いをかけるなんて無礼です。わたしはそんな大それたことを……！」

「もちろん、証があります」

あたしはもう片方の袖から、中の膨らんだ畳紙を取り出して開けた。中からは土くれだらけの上草履が顔を覗かせる。

「これ、秋江さんのですよね？　縁の下に埋まっていました。ちょうど初野様の部屋の近く。掘り返したあとがあったので、簡単に見付かりましたよ」

「……わたしの草履では……」

「秋江さんのものじゃない？　だけどこれを見てください」

あたしは上草履を引っくり返した。底は葛忌が先に言っていた通り、外側に編まれた藁が特に擦り潰れている。

「この藁の擦り潰れ方……。これは膝が少し外向きになっている人の草鞋底です。ちょうど秋江さん。あなたの足みたいに」

「わたしは……」

「足のことは、お伊代様からも伺っています。踊りの師匠は誤魔化せませんよ」

「…………」

「どうして上草履の片割れを土の中なんかに隠したか？　答えは簡単ですよね。もう片方の上草履の藁をほどいて、それで藁人形を拵えたからです。大奥で藁を手に入れようと思ったら、ちょっと骨ですもんね。あ、ほら、藁人形と上草履を見比べてください。使ってるのは同じ竹皮です。竹皮の藁人形って、なかなか見ませんもんね」

「……雲雀さんの、見当違いです」

「――藁人形をほどいて、竹皮に付いたクセの通りに編み直しても、外側の減りを確かめるくらいには元に戻ると思うんです。とても手間なので、認めてもらえると助かるんですが」

「…………」

「あたしは」

ぐっと声に力を込めた。

ここで彼女が認めてくれなければ、あたしはあった話を御公儀へそのまま報せなければいけなくなる。あたしの掌中にことがある間に、なんとか秋江さんに柔らかな幕切れを迎えてもらいたい。あたしにそうさせて欲しい。

きっと、彼女の藁人形は友達への想いでできているだろうから。

「秋江さんに、優しくしたい」

『おっ』

ここで葛忌の声。軽い驚きは歓迎を示す声色だ。

来たかと思って秋江さんの背に目を移すと、弾かれるように打ち上がったのは水滴を思わせるふっくらした絶念。厄介者を追い払う感じで、ポーンと。

『待ちかねた。腹が減って死にそうだ』

死を願う化け狐。竹管から煙の如く出てきてあたしの前に立つと、またあの気味の悪い顔になってにたりと笑んだ。

『今日はこいつで手打ちにしといてやる。気ぃ付けろ』

『はいはい』

『あと』

葛忌はあたしの頬に手を当てた。触れられないけど、

『お前は、また晴明に似てきた。お袋殿もきっと喜ぶ』

優しくそう言って、それから絶念を無造作に摑み口に放り込む。蛙がハエでも一飲みにするように、一口であっという間だ。ただ首を傾げているところを見ると、お味の方はいま一つかな。

「……許せなかったんです……」

絞り出した呟きが聞こえた。

再び秋江さんに目を移す。彼女は筋張った手を膝に置きぎゅっと握っていた。仮借できない相手はだいたい想像が付いていたけど、

「どなたが？」

あえて聞く。彼女の口に油を差すように。

「……初野様です。お春は……」

しゃっくりで秋江さんの言葉が阻まれる。見ると瞳は赤く縁取られていた。

「……お春は、確かによくないことをしました。大奥で赤子を産むなんてご法度もいいところですから。重い刑に処されてもおかしくはありません」

「…………」

あたしは相槌を打たなかった。ご法度と言えば確かにそうだけど、あの赤ん坊が産

まれたことを、よくないと思いたくなかったから。

「初野様とわたしは、お春がお産のあと、オロオロしているところに鉢合わせたんです。初野様は大変お怒りになりましたけど、お春と二人で話したあとは妙案を思い付いたようで……」

「津岡様の部屋に置いてきた？」

確認すると、彼女は生気のない顔で頷いた。

「お春が置きに行きましたけど、初野様が命じたに違いありません。その件が問題になって津岡様を失脚させられれば、儲けものと考えたのでしょう。ご存知の通り、不仲は折り紙付きですから」

たぶんそこら辺は、初野様が泥をかぶってなにも言わないんだろうなと思った。津岡様憎しの部分もあるし、厚かましいけど気風だけはいい人だ。ことの次第を告げられ、お春さんに心情が傾いたのだろう。

「でも」

あたしは首を傾げて問うた。

「初野様は敏い人です。そんな雑な企てでは仕損じると分かっていたのでは？」

「もちろん、とっさの思い付きでしょうから。失敗の目の方が大きいと分かっていたと思います。そうなったときの策が、お春に対するあの仕打ちです。責任を全部かぶせて所払いに」

「ああ、そういう……」

大奥の御年寄ともなれば、周囲を黙らせて臭いものにフタができる。秋江さんはそう考えている。本当のところは逃がしたって方が正しいだろう。ただ初野様の普段の行いが、秋江さんの推察に確信を持たせている。

「雲雀さんにも、初野様から懐柔の言葉を聞いたと思います。あれは如才ないあの人の手で、自分が悪くないと示しておきたいから」

「そういう一連のことで、秋江さんは怒った。だから一計を案じたわけですね？」

問いに彼女はまた頷き、そして口を開く。

「雲雀さんも、お分かりだと思います。わたしは赤子の件で、さらにこじれた初野様と津岡様の仲を利用しようとしました。いま初野様の仕業と見せかけ良からぬことをすれば、津岡様と大きな対立となります。やり手と名高い津岡様なら、初野様を排せるかもしれません。もう……」

秋江さんはあたしを見て、悲しげに微笑んだ。

「わたしの胸の内は、憎しみでいっぱいなんです」

「……お気持ちは……」

「分かりますか？　品性相優れ上様の覚えもめでたき津岡様の部屋の雲雀さんに。わたしの……、わたしたちの気持ちが分かりますか？　わたしたちはいつも毎日、初野様からこ、こんな仕打ちを……！」

秋江さんは感情を露わにして、ぎゅっと握った拳で畳を叩いた。

音に驚いた鳥が庭から一羽飛び立ち、あたしはそれを眺めてから、振り下ろされた秋江さんの拳にそっと手を添えた。

「分かりますよ。秋江さんの優しいお気持ちまで。――でも」

「……でも？」

秋江さんは鼻をすすり上げ、瞳をさらに赤くさせた。

「……単刀直入にお伺いします。毒はどこで手に入れましたか？」

「――毒？」

秋江さんは目をパチパチとさせる。瞳に溜まった涙が零れた。

「毒とは、その……。人の体の害になる、毒、という意味でしょうか？」

「その毒です」

「そんな……、そんな恐ろしい……。わたしは、そんなものを持っておりません。本当です。頭をかすめたことも」

青ざめ訴える面持ちになる秋江さん。

偽りを言っているようには見えないけれど……。

『葛忌にはどう見える？』

『……嘘じゃなさそうだな。さっき食った絶念は臆病者固有の不味さだった。こんな女、せいぜい藁人形で人を呪うのが関の山だろうさ』

葛忌は大した興味もなさそうで、退屈そうに秋江さんの方を向いていた。

どう了見する？

あたしは秋江さんをここに呼ぶまで、津岡様への毒はお春さんの仕組みごとではなく、秋江さんの仕業だと考えていた。もしかしてあたしを襲った者かもと。

だけど毒を盛るほど根性の据わった人と、目の前で狼狽する秋江さんが、あたしの目にはどうしても重ならない。タネを明かせば白状すると思っていたけど、彼女はこちらの質問に『使っていない』ではなく、『持っていない』と答えた。たぶん、……この人は毒とは関わりがない。

――じゃあ、誰が？

「雲雀さん？」

思索に沈んでいると、目の前から呼びかけられた。いまはこっちに専心しないと。

「ごめんなさい、考えごとを」

「——それはきっと、わたし、ですよね。お春に続いてご迷惑をかけて、わたしはもう、なんて愚かなことを企ててしまったのか……」

「迷惑くらいかけなきゃ、人は生きてなんかいけないから」

あたしはそう言って、傍らに置いていた紙入れから、紙で作った人形を二つ、秋江さんの前に置いた。両方の頭と両耳に鬼の字を書いて、胸には障礙神（しょうげじん）と記している。

「これ、は……？」

秋江さんは畳の上のそれを注意深く見つめた。まるでなにかを鑑定するみたいに。

「こうなるかもしれないと、拵えておきました。修験道由来の、悪縁と離別するおまじない。その道具です。——だいたいは男女のいざこざに使うんですけど」

「離別……」

「これにそれぞれ、秋江さんと初野様の名前を書いて……、本当は本人がやった方がいいんですけど、どなたか表の人に頼んで二股に分かれる川に流してください。ただのおまじないですけど、心にケジメを付けるくらいには役に立てると思うので」

あたしが言葉を終えると、こちらに据えられた秋江さんの両目から、はらはらと涙が零れた。涙は頬に跡を残しながらゆっくりと伝い、腿の上に置いた秋江さんの手に落ちた。

「こんな、ことしたって……。わたしは……」

秋江さんの言葉は涙に詰まり、鼻をすする。

「どうせ大奥を所払いになります。初野様との離別なんて当たり前じゃないですか」

「いいえ」

あたしは自分の視線を、狼狽する秋江さんに届けた。

「法度に諮るとそうかもしれませんが、あたしが必ずご寛恕を請います。懇望を届ける伝手を持っています」

「だけど……。わたしには他の人に会わせる顔がありません」

「まだ公になっていません。ことを秘してから、なにかの都合で……、それこそ踊りの上達のためだとか。そう由を付けて、他の方の部屋子になれるよう掛け合います。秋江さんがこういうことをしないと誓えるなら、あたしも約束します」

「そんな……。いいえ」

秋江さんは親指で涙を拭い、そして微笑んだ。憑きものが落ちた、さっぱりとした笑み顔だった。

「……お優しいんですね」

「そういうわけでも、ないんですけど」

「だけど」

細く長い息が、畳に置いた紙の人形を揺らす。

「わたしみたいな根の暗い者に、雲雀さんは眩しく映ります」

「あたしが、ですか？」

「だって雲雀さん、わたしがそれで喜ぶとお思いでしょう？　でもわたしは自分の悪事を知られて、まだ大奥に居座ろうと思えないんです。厚かましいんですが……」

秋江さんは眉を下げたまま、苦く笑った。その面持ちは柔らかなものだったけど、どことなく取り付く島もないような、峻拒（しゅんきょ）の影も差している気がした。

「あの、秋江さん……？」

「陽はこちらが嫌でも照らしてきますから。わたしのような日陰者の気持ちなんか、雲雀さんには分からないと思います」

秋江さんは人形を袖にしまい、あたしを見つめるその瞳に再び涙を溜めた。

「逆から射した陽の光で、わたしには雲雀さんの面差しが見えません」

※

津岡様が参っている。

飲み込んだ毒はちょっとだけだから、たぶん体はもう元気。いま臥しているのは念のためで、明日には床が上がるはずなのに。

なのに、津岡様は青ざめているのだ。

顔色は毒のせいではなくて、病にかかったからでもなくて、いま、津岡様の部屋に上様がお成りになったせい。

これはしんどいだろうな、と、あたしも思う。だって上様の御前に横たわったままなんて不敬もいいところで、本当なら万死に値する罪である。しかも体はほぼ癒え、もう日頃の津岡様なのだ。なのに上様はまた例によって突然お成りになると、

「見舞いに参ったのだ。寝ておれ」

と、朗らかなご様子で、こちらが困ることを言い放たれた。

それでも起きようとする津岡様だったけど、上様は許してはくれない。で、寝ている津岡様を挟んで、上座にお腰を下ろされる上様、平伏するあたしという不可解な絵

図が、津岡様の上の間で完成したのだ。

「よい。苦しゅうないぞ」

愉快そうに微笑まれる上様。でも津岡様は苦しそうである。今回ばかりは人払いも間に合わなくてけっこうな数の女中に目撃されてしまったから、このお成りはもう明日から長局の噂となると思う。どうしようもないのだ。

「気にするな。俺が占いを求めてここに来たとすればいい」

「お、おお恐れながら上っ様」

噛みながら、あたしは声を上げた。

「あたしは津岡様の部屋子で、本来ならばお目通りなどとても許されぬ身分でございます。いま御前にこうしているだけでも恐れ多いこと。上様があたしを訪ねてお越しになったなどと、なにとぞご容赦を……」

「その件だが」

上様は少し声を落とした。

「雲雀。これまではおぬしを験じようと津岡に預けていた。が、立て続けにことを落着とさせ、もう試す必要ないと越前と話してな。津岡の見舞いも兼ねて伝えに来たのだが……」

「あの、恐れながら……」

ここで横になったままの津岡様が口を開く。面差しは罪悪感でいっぱいという感じ。

「なにも上様がわざわざお越しにならずとも……。慰藉のお気持ちは十分に頂戴しておりますので……」

「なにを申す。俺だけ仲間外れはなしだ」

上様は快活なご様子で仰った。

仲間仲間仲間……。上様とあたしが……。

甘美な響きに、フヒッと気持ち悪い声がもれ出た。このお方は、もしかしたらいまの有り様をお楽しみになられているのかもしれない。

「で、話が戻るが雲雀よ」

「は、ははっ」

「落着した件は大儀であった。ただ秋江と申したか。その者に違う部屋親を、という由で津岡が香山へ文を出したようだが、どうもその者、暇を請うたようだ」

「左様、で、ございますか……」

迷惑だったのだろうか。

自分自身への嫌悪が胸に渦巻き、畳につく手を握らせた。自分の満足のため、秋江さんになにかを押し付けていたのだと思うと、心から申しわけなくて、そして情けなかった。ときを戻したい。切に思う。

「あと、津岡」

上様は横たわる津岡様に目を向けた。

「……このような姿で御無礼を……」

「つまらんことを申すな。それより御庭番を送り調べさせたが、稚子の母……、ここではお春と名乗っていたのか。あの女は津岡の考えた通りの由で、稚子をここに置いていたということだ」

「左様で、ございますか……」

津岡様は目を閉じ、軽く嘆息した。

「父御となる男、徒心でもないが、酔うといつも津岡の話をするらしい。で、お春はその内に津岡が大奥で出世したと知った。自分が孕んだこともな。そこで祝言を上げる前、男に報せず伝手で初野の部屋方になり、稚子を産み落としたという由だ」

「なんと、まあ……」

「津岡が旦那に想われてな、羨ましかったのだと。いきなり消えていきなり戻り、男にはたいそう叱られたそうだ。こんな雑な企み、よく行ったものよ」

「……人間、我が身の置かれた場所では、満足せぬものです。羨ましいのは、わたくしの方ですのに。執念とは恐しいものにございます」

「全くな。愛憎の火は人の悟性を焼く。俺も覚えがある」

上様は困った顔をして、少し笑んだ。

「まあ、表向きは香山に白状したお春の言の通りとしておいた。一家は越前を通じて厳重注意の処分だが、しかしそれよりいまはこちらが問題だ。未だ雲雀を襲った者、津岡に毒を盛った者の目星は付いておらん」

「面目次第もございません！」

『なんで俺とそこまで態度が違うんだ？』

いきなり向けられた話の先に、あたしは頭突きの勢いで畳に頭を擦り付けた。

という葛忌の声は無視した。

「責めてはおらぬ。相手に動きがなければ無理からぬだろう」

上様はご自分の頬を手の平でゆっくり撫でる。

「ただ相手に動きがあったいまこそ、おぬしの力を用いなければならん。こちらも知恵を講じねば」

「と、申しますと……？」

「ここのところの佐吉の動きが摑めぬ」

上様は神妙な声で仰った。前にお話しされた死なない男……。

「やつがここに潜ったと決まったわけではないが、用心してかからねばならん。しかしながら雲雀。おぬしも部屋子のままでは動きが限られ、務めも果たしにくいだろう。短い間に力を発揮して御首尾は致しておる。故に……」

上様は懐から折紙を取り出された。目線が吸い込まれるあたし。なにかの書状？

「御宛行書（おあてがいがき）だ」

上様はそれを津岡様の枕元にひょいと置かれる。御宛行書って、確か奥入りするときに下される御沙汰のようなもののはず。どうしていま？

「正式には津岡が平癒した折に、沙汰されるだろう。雲雀」

「……はっ」

「御目見（おめみえ）以上、御次格に吟味物調役（ぎんみものしらべやく）を新設した。おぬしはそこに役替えとなる」

三章　大奥の陰陽師

聞いて、なるほど。

実は上様、あたしが襲われてから、なにも手を打たれなかったわけじゃなかった。

ご自身の警護の見直しはもちろん、お召しになる着物も用心されているらしい。

さらに大奥の広敷向に詰める警護役。伊賀者と呼ばれる男たち。

元々は伊賀地侍たちのお役だけど、先年に上様が将軍職をお継ぎになった際、紀州から薬込役（くすりごめやく）という御自らの息がかかったお役人を呼び寄せ編入なさった。表向きは鉄砲に薬を込めるお役。だけど実際は間諜や隠密を専門にする男たちとか。

その数、現在は六人。のちにもっと増やすお積もりということだ。

前にあたしが襲われた旨をお耳に入れると、上様は彼らに隠密御用をお命じになった。外から大奥を徹底的に調べ尽くし、焦眉（しょうび）の急があればすぐに中へ押し入るよう昼夜を問わず備えをしていてくれたとか。

誰か騒げば腕利きが大奥に押し入ってくる。逃げ道を塞がれたのでは、あちらもそう易々と姿を見せられない。まして誰かを襲うなど、なんぞ況やという有り様だ。

「俺はおぬしも含めて御庭番と呼んでいるが」

あの日の帰り際、薬込役を指して上様は仰せになった。

「表のあやつらの調べによると、やはり何処かの藩から送り込まれた奥女中が間者ではないかということだ。だが佐吉の目も捨て切れないと申す者もいる。俺が先触れなくここへきているのもそのためだ」

「はっ」

あたしは平伏しながら合点を得ていた。

確かに『間者』の狙いが上様だった場合、先触れなどしたら動きを読まれ相手を利するだけだ。最初に津岡様の部屋にお越しになられたときは戯れのお心が働かれたのだろうけど、いつも突然お成りになるにはわけがあった。

「俺は負けるのが嫌いだ」

上様は自信の笑みを頰に湛えられた。

「大奥を乱すとは不届き千万ではあるが、そやつを恐れ俺が毎日のしきたりを変えてしまえば、それは負けだ。俺は日常の中でやつに勝つ。おぬしたちの力を借りてな」

「あたしなどを……。御意にございます」

「二、三日の内には、香山に命じた奥女中の身元改めが報されるだろう」

上様は立ち上がり、続けた。

「果をもって、こちらも今後の動きを定めよう。おぬしに与えた吟味物調役は、そのときに備えて大奥を自由に動けるようにしておくものだ」

※

夜の闇はあたしの体に重くかぶさってきた。

眠れないまま夜も深くなって、他の女中はたぶん一人残らず寝息を立てているけど、あたしは昼間のことに心をかき回されて、まんじりとも眠れなかった。せっかく上様を間近で拝むことができたのに……。自分がいままで立っていた足場が崩れていく心地が、後悔に明確な形を持たせていた。

秋江さん、あたしが疎ましかったんだろうな。

確かに他の部屋親の世話になればいい、というのは、秋江さんの心情を鑑みないあたしの勝手なお節介だった。

もしかしたら秋江さん、大奥にいるというただそれだけで、なにかしら嫌なことが頭をよぎるのかもしれないのに。なら、あたしは優しさの押し売り屋だ。悪意がない分、余計にタチが悪いやつ。

愚かなことをした。

『また悩んでんのか』

『うるさいね』

あたしは体をゴロンと横にして、葛忌に背を向けた。

『人間様には眠れない夜もあんのよ。ほっといて』

『たまにはいい薬だ』

葛忌はあたしの体を跨(また)いで、再び正面に座った。

『そろそろ学んだか？　お前のやってることはな、結局は自分の満足のためだ。ただお前がお前のためにしてるだけ』

『……うっさい』

あたしは夜着を頭までかぶり葛忌から隠れた。見透かされているのが恥ずかしい。

分かっている。葛忌の言う通り。

だけどおっ母に願いを託されたあたしは、他にどうしたらいい？

問いに対する答えを、あたしは未だに持てないでいる。ただただ優しくなりたい。それだけなのに。おっ母みたいになりたいのに。

『お袋殿の言葉は呪いになったな。あんな別れ方じゃ、無理からんか』

葛忌は立ち、あたしの胸元に戻った。

──呪いか。

そう言われたらそうかもしれない。

いままでも、たぶんこれからも。生き方なんて、そう変えられない。

ああ、おっ母はあたしを助けたあのとき、どんな気持ちだったんだろう。ねえ、教えてよ。あたしだって……。

※

まったくもって、上様が奥女中に与える影響には目を見張る。

「嗚呼(ああ)、心の渇き潤す我が吉宗公」なんて尊く崇(あが)めているのは、なにもあたしだけではないのだ。思い知った。

上様が津岡様の部屋を訪れた翌朝。

津岡様もすっかり元気になって、さあ、これで正式にお役を頂戴すれば、あたしも晴れて御目見以上。自由に大奥を闊歩できるのだ。

と、眠い目を擦りながら階段を下りると。

「大変ですよぉ、お嬢」

戸口のお滝さんがあたしを障子戸に手招き。まるで隣の夫婦喧嘩でも見てくれと言わんばかりに、肩を竦めて目を丸くしている。

「なんですか？　廊下になにか？」

「なにかじゃありませんよぉ。ご覧になってくださいな」

促され、あたしは首から上を廊下にひょっこり突き出した。出したのはいいけど、広がる光景がよく分からない。どこぞの部屋子と思しき若い娘などが数人、津岡様の部屋の前に列を作って並んでいるのだ。

なにこれ。

疑問が頭をもたげ、小首を傾げたとき。

「あのう……」

列の中の一人があたしに気付き、恐る恐るといった態で声をかけてきた。

「人違いなら申しわけございません。津岡様のお部屋の雲雀様とお見受け致しますが、よろしかったでしょうか……？」

「はあ、左様ですが……」

と、間抜けな顔して答えたら、列が一斉に黄色い声で色めき立った。寝不足で男前にでもなったんだろうか。って、頭をよぎったけどそんなわけがない。

「あの、置いてけぼりにしないでください。確かに雲雀はあたしですけど、なにか御用向きでも？」

「はい！　わたしたち！」

胸の前で手を組み喜色満面で、先頭の娘が眼差しを輝かせた。

「上様御用達の占いをして欲しくって！」

というわけで、津岡様のお部屋が占いの館になってしまったのだ。

最初はお断りするつもりだったけれど、

「おぬしの表の顔を拵えるにはちょうどよい」

と、まさかの津岡様の了解も得られ、今日だけではあるけれど、この部屋を占いに使わせてもらっているのである。

「実はこれも考えておった。大奥の陰陽師が占い、物見高い内に評判を得れば、大奥の問題が調べずともあちらからやってくる。しかも今後は召された部屋に伺って占えば、独り歩きも目立たなくなるのでな」

とは津岡様のお言葉だ。言われてみればその通り。

じゃあ早速ということで、あたしは次の間に津岡様の文机を借りて据え、そこにお下がりでもらったおっ父の筮具を置いた。

いままではおっ父の手伝いだけだったから、こういうことでも一端の易者気分。上様に了承を得て冗談半分に大奥の陰陽師、なんて名乗っていたけど、なんかまんざらでもなくなってきたなあ。

『浮かれんな。こん中に襲ってきたやつがいるかもしれん』

『こんな可愛い子たちの中にいるわけないでしょ』

と、浮かれ倒した答えを葛忌に返し、あたしはにっこり笑顔でお客さんを出迎える。

昨日のこともあるし、無理にでも気分を高めたいのだ。

あたしが使うのは占的の吉兆を占う六変筮法。筮竹を両手に握ったり数えたりを繰り返し、第一変から第六変により爻を導く。

さあ、いい卦がたくさん出てよ。

あたしは気合を入れて腕まくり。肩を回してお客さんを迎え……。

最初の子は恋の相談。よくない卦が出たけど、言い回しを工夫して笑顔で帰す。

次の子は出世の相談。よくない卦が出たけど、言い回しを工夫して笑顔で帰す。

三人目は部屋親の相談。最悪の卦が出たけど、言い回しを工夫して笑顔で帰す。

『お前の筮竹、呪われてんじゃねえの』

『あんたが見てるんだから、そうかもね』

あたしは次こそ！　の気合を声に込め、最後のお客さんをどうぞと呼ぶ。

さあ、溜めた運みたいなやつを、ここで一気に開放するとき。たぶんいまのあたしに易を立てさせりゃ出世は間違いなしで末はお部屋様かお腹様に……。

ぶつぶつ言って葛忌に気味悪がられつつ、あたしは敵でも待つかの如く文机から障子戸を睨み付けた。しかしやがてつつつ、と開かれる戸から見えた顔に、あたしは意表を突かれて目をパチクリとさせてしまう。

「あれ。お伊代様」

「ん。ごめんね。わたしもいいかな、占い」

「もちろんです！」

お伊代様はあたしが手を伸べて促すと、文机の向こうへちょんと座る。それからちょっとだけ肩を竦め、イタズラがバレた子のように笑んだ。

お鶴ちゃんの踊りの師匠のお伊代様。秋江さんのときにお世話になって以来の短い縁だけど、話した感じさばさばした快活な心映え。

だからこそ人に頼るというより、なんとなく我が道を行くって人だと思っていた。占いを求めていらっしゃったことに意外な思いなんだけど……。

「ええっと……」

見た感じ、少し様子が昨日までと違う気がする。

化粧の加減？　いや、そういうものとは……。

「お伊代様、……なんかおやつれですか？」

「分かる？」

「――分かります。けっこうはっきり。占いは、その目元のクマが所以でしょうか」

尋ねると、お伊代様は叱られた子みたいに頷く。

はっきり落ち込んでいる。そう感じた。

遊芸を披露する御次の方は、様相の華やかさも大事な役回りの一つ。実際、昨日までのお伊代様は明るく、そのお役に忠実だったと思う。にもかかわらず暗然たるこの面持ち。悩みの重さが窺えた。

『な。こいつに悪い卦を出せば絶念が取れるだろ？　いまのお前なら簡単だ』

『あんたを満腹にさせるわけにはいかないね』

バケモノの期待通りにはさせない。

まずは筮前の審事。ここで占いの目当てを聞くのだけど……。

「あの、雲雀ちゃん。笑わないで聞いてね」

「もちろんです。なんなりと」

「……幽霊、見ちゃってさ」

暗い顔からポツリともらされたのは、もしかしたらあたしのお役に繋がるかもって一言だった。陰気な面持ちも得心の由である。

詳しく聞くと、それは先日の話。

御殿向の御仏間で部屋の清掃をしていたお伊代様。そのときは前日のやり残しをするため、一人で作業をしていたとか。ただ見込みよりもだいぶ遅くなり、やっと作業を終えて出てくると、どうも周りが薄暗い。自分一人だ。

気味が悪くなって行こうとすると……。

「出たんだよね、これ……。向こうの宇治の間の前に、男の霊がゆらぁりと……」

お伊代様は暗い瞳であたしを捉え、両手をだらりと前に垂らした。面差しはさすが御次と手を叩きたくなるような迫真の幽霊顔で、はっきり言って話よりこっちの方がおっかない。唾を呑み喉が波打つ。

「ゆらぁりと……。どうなりました？」

お伊代様はバツが悪そうに俯いて、腰を抜かしている間にいなくなったんだけど」

「でも、はっきりと見ちゃったんだよ。……実はね、わたしが見た宇治の間の廊下ってさ、前から『出る』って噂もあって。気にしてなかったんだけど、……見ちゃってね。たぶん五代様の幽霊……」

「そんな噂が……」

あたしが答えると、お伊代様は頷く代わりに長いため息をもらした。

要するに、見てしまった幽霊が凶事の前触れではないかと気が気でない。悪しきものか害のないものか占って欲しいとの由。除霊を頼まれなくて安堵している。

──では……。

「頼むよ、雲雀ちゃん……！」

「いざ！」

あたしは心を静め、無念無想で筮竹を持つ。そして音を鳴らして五十本の筮竹を扇のように開くと、左右の手に握った。——いい卦よ、出ろ！

と、導き出したのは坎為水の四爻変で、沢水困に之く卦。

どちらも四大難卦に数えられる卦で、まあ、ここから頭をひねって『苦労が重なるけど負けずに励もう』みたいな言い回しでお帰り頂くのだけれど、平たく言うと悪い。

悪いけど、もっと気になることがあった。

「ごめんね」

座を立つ間際。ほんの小さな声で言った、お伊代様の言葉だ。

※

五代様、即ち五代将軍綱吉公は疱瘡で逝去されたと、幼い時分に聞いた気がする。

しかし部屋に帰ってきたお滝さんにさり気なく聞いてみると、

「あくまで風の沙汰ですけどねぇ」

と、その宇治の間の件を聞かせてくれた。あたしは畳部屋でせんべいをかじりながら、ふむふむと彼女の言葉に相槌を打つ。

話によると綱吉公は好色なタチで、しかも人の女に嗜好があったらしい。やがて寵臣の側室に手を出すまでに高じ、あまつさえ巨額の閨のおねだりを承知してしまう。

ここで憤慨したのは御簾中である御台様。関わりを紐解いて考えると、寵臣と側室が腹を合わせているのは明白。このままでは天下を簒奪されかねないとして綱吉公を諫めるも、まるで聞く耳を持ってくれない。そこでやむなく宇治の間で凶行に及び、綱吉公を殺害。返す刀で自害されたという。

「血が飛び散った宇治の間は、開かずの間として封印されているみたいでねぇ。中働きのあたしらには関わりのないことですが。まぁ、それ以来ですよ。その部屋の廊下に出るって実しやかに噂されるようになったのはねぇ」

「綱吉公の霊が？」

聞くと、お滝さんは不思議そうな顔。

「？　いいえぇ。出るって噂なのは、確か御台様を手引きした御年寄の霊って話ですけどね。まぁ幽霊の噂なんて、どうとでも転ぶもんでしょうけど」

お滝さんはせんべいを噛み砕く口を忙しく回す。

──ちょっと、引っかかるけど……。

お伊代様が見たってのは男の霊で、噂になってるのは女の霊。まあ、お滝さんの言う通り、幽霊の噂なんてそのときどきの都合で変わってしまうものだろうし……。

「実際は、どうなんですか？」

尋ねると、お滝さんは口をおさえて笑った。

「んなの、あるわけないじゃござんせんかぁ。綱吉公と御台様の死期が近いもんでね、大奥風に話を味付けしてるんでございますよぉ。御公儀の醜聞は庶民の大好物ですからねぇ」

なんとなく気になってしまう。

いや、分かってはいるつもり。

幽霊を見た話なんて、どうせ柳の枝を見紛えたとオチが付くのが相場なのだ。今回だってなんかの影がそう見えてしまったとか、御次の方が若衆の恰好でもしていてそれを勘違いしてしまったとか、そういう話に違いない。

ただ、怪異ではある。そして世の中に怪異はない。そこが気になるのだ。

これまでは部屋子という立場で御殿向には立ち入れなかったけど……。

「では、今日より吟味物調役を申し付けることとする」

「ははっ」

初めて入った御殿向。

あたしは御二之間を訪ねると津岡様を前に平伏し、御宛行書を頂戴していた。ここには直参女中としての禄の目録などが記されている。

これを頂戴すれば、あたしは晴れて御公儀直参の女中。

直参であれば出仕廊下の向こう側、御殿向にも堂々と入れるし、御次格と言えば御目見以上。上様とお目通りするのに罪の意識を覚えなくて済むのである。ああ、おっ父。あたしは出世したよ……！

感慨にふけっていると、

「名はどうする」

津岡様は少しだけ難しい顔をしている。

「どうする、と申されますと？」

「御次格であれば二文字名になるのでな。部屋子である間は卜者であることを踏まえ、多少変わっていた方がいいと思い雲雀と名付けたが」

「あー」

大奥は職階によって名付けに決まりごとがある。

例えば御年寄は頭に『お』が付けられない三字名。津岡様のように、山や野や川や浦や島や岡などの字が下に付く名前となる。御客応答や表使、御錠口なども同様。それ以下の女中は頭に『お』が付く名前。お登勢さんやお楠様など。御三之間未満となると『空蟬』や『東屋』とか源氏絵巻に因んだ名を名乗っている。

だから御次格なら、あたしも『お』が付く名前になるんだけど……。

「だが、雲雀のままでもいいかのう。なにせ新しいお役であるし」

津岡様が言った。仕方ないな、って顔で。

「朝の卜者然とした振る舞いも、おぬしのお役の一つとなろう。上様も面白がっておいでだし、まあお墨付きを得たも同然。事後承諾になるが、香山殿などにはわたくしから話しておく」

「上様が……！ あたしの占いを……！ 面白がって……！」

なんというか、仏のように崇め奉るお方があたしを……、って思ったら、それだけで胸の奥が滾るというか、熱くなったこの想いをなにかにぶつけたくなってくるというか……！

感動でじいんと胸がしびれていると、

「おっと、まだいたね」

うしろの襖がすっと開いて、聞き覚えのある嗄れ声が御二之間の畳に反響する。聞き間違いと思いたかったけど、前におわす津岡様のイヤそうな顔が、やはりあの人で間違いないと思わせた。

「これは、初野様……」

あたしは体の向きを変えて平伏した。

先の赤ん坊騒動は、もちろん上様も知るところ。書面を以てきつく注意されているはずだけど、顔を見ればまるで堪えていないことがはっきり分かる。

「雲雀ちゃん、聞いたけど、あんた出世したんだね。吟味物調役だって？」

「……そう仰せつかりました」

裏で上様にお役を賜っていても、吟味物調役は奥女中。大奥で差配を振るう御年寄の手足となり、不明な仔細があれば具に調べるのが表の仕事。

だからこれからのあたしは津岡様の下役であると同時に、香山様や初野様の下役にもなるという、ちょっと微妙な立場となるのだ。

「じゃあさ」

初野様は部屋をぐるっと回りながら続けた。

「そんな雲雀ちゃんに早速お願いがあるんだけど」

「なんなりと」

あたしが答えると、初野様は上座に回って津岡様と並ぶ。津岡様は嫌そうな顔をして居ずまいを正し、少し間を取った。

「雲雀ちゃん。あんたさ、宇治の間のこと調べてくんない？」

※

「おお〜。これが……」

奥女中となって改めて眼前に広がる光景に、あたしは胸の高鳴りを抑えられない。御殿向。ここここそが公方様がお寛ぎになる場、江戸城大奥なのである。当たり前だけど、長局とは趣がまるで違うのだ。

あたしたちの宿舎である長局、あそこは吹き抜けになった表廊下に部屋が並ぶ形だけれど、御殿向は造りからして異にする。ここは数多くの部屋を一つ屋根が覆い、さながら恐ろしく広い一つの御殿となっているのだ。

あたしは御宛行書を受け取ったあと、御二之間から足に任せて御殿向を回った。場所を確かめるだけでもけっこうな時間がかかってしまって、お金持ちになっても屋敷の広さはほどほどがいいなと本気で思った。

『で、ここがその場所か』

『そ。宇治の間』

あたしは廊下から、豪奢な襖を正面に見る。

『宇治の間』の所以ともなった襖絵は茶摘みの様子。目を見張るほど見事な出来で、襖いっぱいに描かれた女たちの瑞々しさはいまにも動き出しそうなほど。そんな襖が四枚に連なっていて、中の広さを想像させる。

この宇治の間、確か奥入りしたばかりの頃に、本来は将軍家の嫡男嫡女の御住居であるという話を聞いた気がする。その昔は御台様の居間であったとか。

だけど若君であられる長福様、小次郎様はそれぞれ二の丸、本丸にお入りされたはずで、上様の正室である御台様は早くに身罷られている。御母君はまだ紀州だ。

だからいま、宇治の間は無人。物置としては使われているらしく、開かずの間っていうのは言い過ぎだけど、例の噂が独り歩きしていて誰も近寄りたがらないらしい。

『お前に占ってもらってた女。お伊代だっけか』

面倒を思うように、葛忌はため息を吐き出す。

『あいつがあのババアのとこにも駆け込んだって由だったよな。だから調べろと』

『まあね。世話親が初野様みたい。言われなくっても、なんとなく気になってたし。見間違えだと思うけど、初仕事だからね』

『仕事すんの俺だろうが。こんなクソ広い場所をよ』

フンと悪態をついて、葛忌は目元の布をずり上げる。そしていつものように顔をしかめつつ眼差しを青色に輝かせ……、

『……いるな』

ボソッと呟いた。

『なにが』

『男だ』

『……女が若衆の恰好してるだけじゃないの？』

『いや。……確かに男だな』

葛忌は声を落としたままで言った。声色からは感情が読み取れない。どういうことか、たぶん彼自身が計りかねている。ありがちな間違いであって欲しいけど。

『――葛忌。あんたまで男の幽霊なんて言わないよね』

『長い間生きてるけど、幽霊なんてのは見たことない』

葛忌は青い目をしたまま答えた。あんた似たようなもんじゃないのと言いかけたけ

ど、いまは黙っておいた。

『こいつは、……紛れもなく生きた男だ。武家の中間みたいに身軽な恰好してる。いかにも忍び込みましたって感じの。ときは……、夜か？　一昨日かその前くらいの残りカスが、ほんの微かに見える』

『夜……？』

お伊代さんの言葉と違う。まあ幽霊と言えば夜が相場だろうけど。

それ以上におかしい。ここへ入れる戸口なんて数えるほどしかない上に、表じゃずっと伊賀者が見張っているのだ。こっそり忍び込むなんて、できるはずがない。

だけど……！

『言っとくけど、俺の目は偽りを映さない。あったことをあったまま見せるだけだ。男がいたと映ったなら男がいた。ただそれだけ』

『分かってるよ』

あたしは親指の爪を噛んだ。

ひょんなものが機縁で大変な獣の尾を踏んだ。襲われて以来、用心して過ごしてはいたけど、暗雲は先を見通せないほど急に黒く立ち込める。

——死なない男、尾張の佐吉。

あたしの頭の中に、その名が不吉な色を帯びて浮かぶ。

だけど、分からない。どうやってここに入ってきたのか。それが分からないと、津岡様はともかく上様へお報せのしようがない。

男がここへ入ってきたのは確か。

なんとか跡を見付けないと。ここは上様がお寛ぎになる場所なのに。

向こうでは女中が怪訝な目であたしを見て、過ぎていく。思い詰めた顔してこんな場所で突っ立っている女。さぞ異様だろう。でも、いまは他に気を払う余裕がない。

早く……。

『前もあったよな、こんなこと』

葛忌が目元の布を元に戻した。

『前？　なんの話？』

『あのババアの猫が消えたのなんのって……』

『あんたにとっちゃ同じかもだけどね。猫と人間じゃ……』

なんもかんも違うのよ。と、言いかけ、

『――それだ！』

頭の中で、なにかがバチッと音を立てて繋がるのを感じた。

いま、もう津岡様に報せに行く？　いや、この閃きは逃せない。あたしは一歩踏み出すと、宇治の間の襖をざっと両手で開けた。風が舞い、埃がチカチカと光を照り返す。むこうで女中があっという顔をしていたけど、あたしは無視した。廊下から射し込む陽の光で、部屋は存外に明るかった。

中は、なるほど。屏風や緋毛氈（ひもうせん）などの調度品やら、季節の品や、布をかけられたなにか、儀礼の品や骨董（こっとう）が整然と並べられていた。大納戸に入り切らなかったものだろうか。部屋は二十畳よりもっと広そうだ。

『なあ。俺にはとんと分からん。ここになんかあんのか』

『幽霊ちゃんがいたの、この部屋の前なんだからさ、ここを怪しむのが定石でしょ。幽霊の出所があるかも』

そもそもが開かずの間なんて噂されている部屋なのだ。男が忍び込んで潜むには打ってつけの場所だろう。

あたしはあるかもしれない証を消さないよう、慎重に歩みを進めていく。調度類には衣架（いか）や鏡台、桶盥（おけだらい）など大きな道具もあるけど、物置とはいえさすが大奥と思わせるほど片付いて並んでいた。

そして、その中に一つ。

部屋の奥、屏風の裏に隠れる場所に置かれたものがある。

漆塗りの黒い長持。他の大きな調度には多少なりとも埃が散っているけど、これはつい昨日にでも開かれたように埃の跡がなかった。

『葛忌』

名を呼ぶと、さすが葛忌はあたしの弟分。阿吽（あうん）の呼吸で頷くと、長持へと首を突っ込み、かぶせ蓋を透かして中を覗く。

『……中に人はいない。っていうか、たぶんなにもないな。開けても大丈夫だ』

『いざってときは、頼むよ。気配は読めなくても、背中は見といて』

あたしは念を押して用心してから、かぶせ蓋を持ち力を込める。錠はかかっていなかった。ギイ、とゆっくりそれが開くと、中にこもった木の匂いが鼻をつく。

『な？　なんもない』

『ううん』

あたしは隅に落ちた頭髪を指でつまむ。

何本かあった。持ち主の髪が落ちたにしては不自然な量と場所。これでも確かな証とはならないけど……。

『葛忌。畳の裏を覗ける？』

『面倒臭いな。お前、俺をなんだと思ってんだ』

ぶつぶつ言いながらも、葛忌は素直に四つん這いに。桶の水に顔を浸す姿勢で、畳を透かしてその裏に目を這わせていく。

(絵面として面白い……)

と、言ったらたぶん怒るので、黙ったままあたしは葛忌を見守る。

葛忌は亀のように部屋のあちこちを四つん這いで動き回り、

『ここ、なんかある』

屏風が置かれた畳を指し示した。

あたしは屏風をどかすと、手近にあった化粧道具から渡金（わたしがね）を拾い、畳縁の間に差し込んだ。そして葛忌と頷き合って渾身（こんしん）の力を込めると、畳は乾いた埃を舞い上げながら口を開いていく。

やがて畳が裏を露わにしていくと……。

「……これは、いよいよマズいね……」

大奥は大山を動かしたような大騒動に発展した。

女中は御二之間や御三之間など各詰め所に固められて、部屋の前には伊賀者の警護が付けられた。広敷も外からの立ち入りが禁じられ、平時は大奥を通過する人や荷を検査する広敷添番が、ものものしく表の警護に当たっている。

何故なら長局向、御殿向、広敷向。大奥の建物その全てに、いつも警護を受け持つ伊賀者たちが入り、そいつを捜索しているからだ。こういう場合は伊賀者が中に入るのが通例らしいけど、これほど大掛かりな捜索はこれまでないという。

※

そしてあたしは御殿向の一室にいた。

上座には上様。脇に侍るのは津岡様で、上様の御前には御自ら紀州よりお連れになった元薬込役の二人が並ぶ。上様が曰く御庭番。形式上、いまはこの二人を含む六人全員が広敷伊賀者に編入されている。

表の廊下では薬込役の一人が部屋を警護して、庭や廊下は広敷伊賀者がひっきりなしに往来。ことの重大さをあたしたちに告げている。

空気は厳粛だ。平時は穏やかな上様も、いまだけは厳しいお顔を崩さない。

「面を上げよ。仰々しくしていては片付くものも片付かん」

上様は仰って津岡様に目を向ける。

「津岡。あまり小言を言いたくはないが、これだけ粗忽なザマは頂けんな。堅苦しいのは好かんが、紊乱を招く風紀など言語道断だ」

「……面目次第も、ございませぬ……」

津岡さまは沈痛な面持ちで平伏したまま、そう声を絞り出した。

「しかし、分からぬ。何者かが長持に入って持ち込まれたとの由だが、江島生島以来、十貫目以上の荷には吟味が入るはず。いつからそれが沙汰止みとなっていた？」

「……つい一月ほど前に、という由でございます。初野殿が見合わす沙汰を下したと、広敷向の女中が申しておりました」

平伏したまま津岡様が答えると、

「またあの者か……」

上様は嘆息と共に、難しい顔をして額を摑んだ。

江島生島とは、もう三年も前に起こった大奥の一大醜聞。

江島という御年寄が歌舞伎役者の生島新五郎と懇ろな関わりになって、大奥の風紀を著しく乱して罰せられた。風の沙汰では長持に生島を入れて大奥に持ち込むなどやりたい放題で、関わりのあった多くの女中が大奥を追放になったと聞く。瓦版にも書き立てられ、あたしらみたいな庶民でもよく知るところである。

以来、長局に持ち込む荷は七つ口という通用口で秤にかけられ、十貫目以上の重さの荷は中身が改められた。七つ口の貫目吟味だ。

「まあ、いまはいい。有責の者へは追って沙汰する。——で、雲雀よ」

「ははは、はいっ！」

あたしは肩を硬く竦ませながら返事をした。

いつもの上様ならあたしの間抜けも朗らかにお許しくださるけど、いまはそんな空気じゃなく粗相は許されない。保てるか、あたし……！

「男が大奥に侵入している、それは間違いないのだな？」

「恐れながら！」

あたしは頭に残るなけなしの余裕を結集して、どうにか言葉を整理する。

「宇治の間の畳の下に、男ものの着物が隠してありました。埃が付いていない長持や、男の幽霊を見たという奥女中の証言とも合います」

「生島新五郎が如くやってきたということか。で、あるならば」

奥女中の中に協力者がいる。上様が言い淀まれたお言葉の先は、恐らくそう続く。それが事態を一層ややこしくしているのだ。男をただ捕らえて終わりとするわけにはいかない。

上様は語尾を濁し、部屋の隅、あたしが持ち込んだ長持を瞥見された。

「宮地。男は尾張の佐吉か？」

「恐れながら」

平伏しながら口を開くのは宮地六右衛門殿。四角く大きな顔立ちに鋭い目で、おまけに声まで低い。おっ父なら側にいるだけで泣いている。

「手前は佐吉である疑いが相当に強いと存じまする。佐吉であれば腕利きで、女の装いで化けている目も考えられなくはありません。女中たちの吟味を致したく」

「いや、宮地殿」

と、端整な顔立ちの西村殿が異を挟む。

「女中は最後でよかろう。潔白だった場合、あらぬ誹りを受ける」

「なにを、西村。おぬしはそれでも男か」

宮地殿が言い返し、二人は睨み合いに。

御庭番の中でも、特にこの二人が上様の肝入りらしい。意見が合わずに激しく争うこともあるけれど、そうやって導かれた結果で上手くいくことが多いとか。上様も御前で囂囂とやっているのに、ご注意を与える素振りもない。

そして険悪な空気の流れる部屋の隅。

あたしたちを眺め、あからさまに怪訝な顔付きをしているのが葛忌である。

『……やっぱり、臭うな』

葛忌は言葉を口にすると、口をへの字に上様の隣に立つ。

『やっと喋った』

あたしは畳の目を見たまま返事をした。

『今日はいやに大人しかったね。いつもは文句ばっか言ってんのに』

『最初は目が痛んでたんだ。けどだんだん気配を感じられるようになってきたら、妙な感じがして見定めてた。臭いんだよ、ここ』

『臭いってのは、この部屋のどっかに科人がいるってこと？』

『いる』

葛忌は断じた。言葉に迷いはなかった。

『――お手柄だよ。で、誰？』

『分からん』

　葛忌は御前に座る御庭番たちを見回した。

『科人はこの部屋にいるどれかだ。お前が襲われたあのときと同じ殺気、じんわり煙みたいに伝わってくる。人間の中でもとびきりのイキの良さだ』

『……誰か定められないの？』

『無理だ。やっと微かに気配を感じられたと思ったら、もうこの部屋に殺気が満ちていた。隙を見て誰かを殺そうとしたのかもしれん。お前と中年二人の気配は分かってるから、このオニワバンって二人のどっちかだとは思う』

『……そりゃ一大事……』

　捜す側に科人がいたんじゃ、手の打ちようがない。

　しかも襲われたあのときの恐怖が蘇り、あたしの肝も冷えた。顔から血の気が引き、額に脂汗が浮くのを感じる。

　ここには上様も、津岡様もいるのだ。あんな目には遭わせられない。おっ母がもしここにいたら、きっと意地でも。

　――どうにか、しないと……。

※

先輩方のお知恵を拝借させて頂きたい！

御庭番二人を前に頭を畳に擦り付け、あたしは自分が襲われたあの場所の吟味をお願いした。もちろんこの場から連れ出すため。そして実地を前にすれば、二人のどちらかと思われる科人が馬脚を露すかも、と思ったから。

「いまからか？　我らも捜索の指揮を取らねば……」

と、西村殿は難色を示したけど、

「まあ、検分も悪くあるまい。我々はこの場所に不案内であるし」

とはいかめしい顔の宮地殿。結局は上様にも促され、あたしたちは三人で二之側のあの場所へと向かっていた。


『あたしみたいな可愛い娘に頼まれちゃ、さすがの御庭番も断れないよね』

うしろに御庭番の二人を引き連れて、あたしは出仕廊下を得意げにのっしのっしと歩いていく。葛忌は彼らを警戒しながら渋い顔だ。

『しょうもないこと言ってんな。お前は自分がなにしてるか分かってるか？　殺されかけた人間うしろにして歩いてんだぞ？　死にたいのか？』

『まさか』

相手も馬鹿じゃないから、こんな場所で襲ってこない。建物には伊賀者がうじゃうじゃいるし、二人の内のどっちかが敵だとしても、どっちかは味方だ。おまけにあたしには葛忌がいる。いざってときも、逃げるくらいはできるだろう。

『知らんからな、俺は』

『またまた。頼りにしてるからね』

片目をバチンと閉じて合図すると、葛忌は犬の糞でも見たような顔をした。失礼な弟分だ。

出仕廊下は御殿向から長局まで一直線に貫く廊下。女中たちは毎日ここを通って御殿向にお勤めしている。

そこを歩きながらさて、どう切り出そうかと考えていると、

「よろしいか、雲雀殿」

あちらの方から来てくれた。背中に重くのしかかるこの低い声は宮地殿。

「長い廊下で退屈でしたでしょうか。なんなりと」

「なにをなにを」

宮地殿は四角い顔で豪快に笑った。大奥に響く男の笑い声は、夢に差し込まれた現のようで、少し不思議な感じがした。

「分かっておりますぞ。雲雀殿があの部屋を離れたのは我らと話すため。なにかこちらに聞きたい由でもお有りでござろう」

「…………」

「さりとて我らも同じ。実地検分をしたいのは本当です。が、そこまでに至る廊下のお喋りで、互いに互いを知れればと思うてござる。朋輩ですからな」

……バレてた。

『ま、隠密としちゃ、可愛い娘と年季が違うわな』

『うっさい』

葛忌に答えを突っ返しつつ、あたしは振り返ってにっこり。

「……尾張の佐吉なる者について、詳しく伺えればと」

「それなら拙者から」

西村殿が口を開く。

「佐吉は元々が亡き尾張藩主、吉通公が育てた隠密です。ただ、いまは尾張藩をお継ぎになられた継友公に主の座が引き継がれた模様。隠密と言えば我らとお役目は似ておりますが、あちらは刺客働きとしての名の方が有名です」

「刺客……。先ほどは腕利きと仰ってましたが」

「尾張にかけ、終わりの佐吉とも呼ばれています。また殺せる者が見当たらないので、死なない男とも。狙われたら足掻かず念仏でも唱えていた方がいいと、界隈ではもっぱら言われております」

「恐……」

あたしは両手で両腕を摑み肩を竦ませる。確かに葛忌がいなければあのときの苦無一発で、あたしはあの世のおっ母と再会していたところだ。

「佐吉をもっと詳しくお聞きになられたければ、御庭番の横田という者が詳しくございます。江戸入りした形跡を見付けたのも横田で、仲間内では佐吉番とも呼ばれてますので。今日も佐吉の報せがあり、少し遅れて奥入りしております。……まあ、佐吉の沙汰は、雲雀殿に報せるまでもないでしょうが」

「では今度はこちらの番」

御殿向を抜けて長局に入ったところで、宮地殿が咳払いをしつつ口を開いた。

「朋輩とは言え、我らは働く場所が違います。よって雲雀殿の人となり、まだ詳しく知ってござらん。元々はどこでなにをしていたお人かと……」

「やだ、あたしなんか改まって聞かれるほど大した者じゃございませんよ」

とは言え、宮地殿曰くあたしは朋輩なのだ。気になるのは当たり前か。

あたしは上草履を親指で踏みしめつつ、自分についてのあらましを手短に話した。江戸田舎に育ったただの町家者であること。だけど怪異とされるものに慣れた卜者の娘であること。それを買われ大奥で目付働きを任ぜられたこと。

「なるほど」

振り返ると、宮地殿は頷いた。顔は少し綻んでいる。

「いや、失礼した。試したわけではござらんが、上様のお命じでお耳となり、そこもとを越前様にお報せしたのは、同じ御庭番の明楽(あけら)という者でしてな。この有様である故、本人かを確かめておきたかった次第で」

「あ、お人が悪い」

「ははは。よく言われますな」

宮地殿は言って、御殿向を振り返った。

「当の明楽は今日、大奥において警護を兼ねての上様付きでございましてな。のちほど引き合わせいたしましょう。上様はもう中奥にお戻りになられたようですし、いまは藪田と組んで、伊賀者と共に広敷向を捜索しているはずです。佐吉相手ですので、できるだけ二人一組にしております」

「上様付き」

「本来であれば新番のお役ですが、大奥には入れません故。明日も上様付きは明楽ですな。我らの中で一等腕が立つ男故、佐吉が狙っても無駄になるでしょう」

「明日も……！」

なんて羨ましい。あたしにもっと腕っぷしがあれば……！

と、着物を噛んで悔しがりそうになったところで、ささいな疑問が頭をもたげる。

「……そう言えば」

「なんなりと」

「他の御庭番のお方も、いまは大奥の中へ？」

「いかにも」

今度は西村殿が答える。

「六人いる……、雲雀殿を含めれば七人か。御庭番は伊賀者たちを束ねる立場。横田は御殿向、川村は長局、藪田は広敷向をそれぞれ受け持って、佐吉の捜索に当たっております。大奥からは蟻(あり)も逃さぬと申しておきましょう。また、蟻であっても必ず見付け出すと」

「……期待しております」

「是非に」

少し険を含む西村殿の口ぶりに、あたしは笑ったまま話を終えた。

ここまで語っておいて、もし西村殿の方が佐吉なら大した役者だ。宮地殿もそんな素振りは見せないし、見抜くのは相当な骨になるのかも。

『葛忌。どう？　分からない？』

『こいつら、まるで気配を立てない。人間がこうも気配を殺せるとは驚きだ』

葛忌は二人を睨みながら、ずっとうしろ向きに隣を進んでいる。どっちみち葛忌が気配で見抜いても、あたしが証を立てないと動きは封じられない。

だけど、どうやって尻尾を引き出したらいい？　葛忌の言う通り、隠密に仕立てられた素人のあたしと違って、あちらは界隈で評判を得るほどの腕利きなのだ。

「……到着しました。こちらです」

あたしは二之側に辿り着くと、その場所を紹介するように手を伸べた。柱に付いた跡はそれほど目立ちはしないけど、深い穿孔(せんこう)が残っている。

「調べものをしようと、夜にここへ出たんです。で、柱にもたれているところを、苦無で狙われて」

「苦無」

宮地殿が柱の傷を撫で、似合わない笑みを浮かべた。

「上様からも伺ったが、実によく知っておられる。近頃の易者は武具の名前も売卜で使うのですかな？」

「あー、いや……」

あたしは頭のうしろをかき、へへへと笑って紛らわす。が、相手は面持ちを変えない。宮地殿は貼り付けたように笑ったままで、うしろから西村殿の目も感じる。

なんか、ちょっと妙な雲行き……。

「たまたま、ですよ。どっかで見たことあって」

「――左様ですか」

次に宮地殿は屈み、廊下に穿たれた跡を撫でた。

「ここが、二の太刀ですな。これも苦無？」

「……あたしをお疑いで？」

「まさか。しかし不思議でござる」

宮地殿は立ち上がり、あたしの目の前を体で塞いだ。

別に通せんぼされたわけじゃない。けど、逃げる隙間がどこにも見当たらない武人の立ち姿だった。暑さとは関わりのない汗がこめかみを滑り落ちた。蟬の声がやけに遠くなった気がする。

「雲雀殿」

宮地殿が一歩迫る。

「立ち振る舞いを見れば分かる。貴殿は武芸に関してまるで素人。しかしその身のこなしで、如何(いか)に佐吉の奇襲をかわしたのか」

「……ただの威嚇みたいなもんで、あちらが最初から当てる気がなかったのかもしれません。こちらも必死ですし」

「威嚇だとしたら腑に落ちませんな。何故わざわざ自分の存在を明るみにしたのか」

「あたしに言われましても……」

「疑っているのではない。雲雀殿から説明が欲しいだけじゃ。それともそこもとは佐吉の刃の行方まで占えるのか？」

迫る恐い顔。逃れようにも背中で感じるのは西村殿の目。佐吉相手では、できるだけ二人一組か。なるほど。

　——迂闊だった。

　だって、この人たちのどちらかが佐吉なら。

　このままあたしを殺めても、外に言いわけが立つ。佐吉の協力者が抵抗を見せたので殺しました、と。まさかここで武器は使わないだろうけど、あたしみたいなヘナチョコの急所なんて簡単に突ける。

『——マズいぞ、おい』

　葛忌が宮地殿を見ながら言った。

『百も承知だよ。どうやって逃れようか……』

『そうじゃない。やっと二人に殺気が立ったがな、さっきの部屋のものとは違う』

『は？　意味が分かんない』

『たぶん』

　葛忌が御殿向の方を向いた。

『あの部屋にはまだ誰か潜んでいた。部屋の殺気はそいつの……』

『そいつの……。って』

　あの部屋、津岡様があたしらの帰りを……！

　血の気が引いた。

『気にし過ぎ。大丈夫だよ』自分のどこかから声が聞こえる。だけどそれがただ自分の願望であると、誰よりあたし自身が分かっていた。その声に縋るほど、津岡様の置かれた様相を思うと寒気がした。

いけない。これはいけない。放っておいたら、取り返しのつかないことに……。

『……いま、俺の耳には聞こえた。あの中年女の悲鳴……』

『葛忌！　あたしの体を使って！　大急ぎで戻って！』

あたしは心の中で大声を出し、そして体を備えた。あの日以来、護符はいつも胸元に貼り付けている。狐憑きになっているところを人目に晒したくなかったけど、これればかりは。

決意を固める。意識はすぐに体から弾かれた。

『いいんだな？　急ぐと、体に戻ったとき千切れるくらい痛いぞ』

あたしは葛忌の確かめに『早く！』と、即答。

それが合図で、あたしの体は廊下を蹴って電光石火で駆け出した。西村殿の驚いた顔が残像として目の端に映った。宮地殿の声が背中に遠く響く。

たぶんあたしへの疑いはさらに強まった。さっきの疑いに加えてこれが事由となって、もしかしたら大奥から暇を出されるかもしれない。江戸払いにまでなったら、まずおっ父に謝らないと。泣くだろうけど、きっと褒めてくれる。なんとなく、そんな確信があった。

だから、ごめん。もう後悔だけはしたくないから。あたしは……！

風が激しく耳を叩き、見慣れた風景が激流のように前からうしろへ流れていく。口からは獣の呻きが絶えずもれてしまって、足元の着物は乱れ翻り、めちゃくちゃに恥ずかしいけど別にいいと開き直った。

『おい』

葛忌がいつになく柔らかい声で、あたしを呼ぶ。

『なに！』

『お前はもう大丈夫だ。お袋殿もきっと喜んでる』

『わけ分かんないこと言ってんじゃないの！　こんなときに！』

叱ると、葛忌は口を閉じて御殿向に風の如く駆け込んだ。

間口の狭い場所に突き入ると、廊下には何人か伊賀者たちがいた。動きが遅くて止まって見えた。葛忌が操るあたしの体は滅法界（めっぽうかい）な勢いを保ち伊賀者たちを避け、先ほどの部屋の襖を蹴り倒した。

一瞬、誰も見えなかった。

——だけど……。

視線を下にしたときだ。

目に飛び込んできたのは、血まみれで倒れている津岡様だった。体をくの字に折り、苦悶(くもん)の面差しのまま。

おっ母と津岡様が重なった。部屋が茜に染まった気がした。

あたしは、またこんな……！

『津岡様っ！』

心の叫びで、あたしの体から葛忌が抜ける。体は相当に無理していたらしく、あたしが体に戻った刹那、全身が稲妻に打たれたように痙攣(けいれん)した。

「ひば……、り……」

「津岡様！　津岡様っ！」

節々へ釘を打ったみたいに、激しい苦痛があたしを襲う。

思うままに体が動かない。でも痛みを意識の中から散らし、あたしは崖を登るように津岡様の元へと畳を這って行った。

津岡様はあたしの顔に手を当てると、少し微笑んで意識を失った。

血は胸元からだ。斬られてはいない。なにかが刺さったあと、慌てて抜かれた感じ。

ちょうどあのときの苦無のように。佐吉はあたしの気配を感じて、急ぎ逃げたのかも。

ああ、でもいまも見ている間にじんわり帷子に血の滲みが……。

「誰かっ！　お医者をっ！」

あたしはうつ伏せたままで声を尖らせた。襖にはいまになって騒ぎを見に来た伊賀者たちが顔を出す。「早くっ！　お医者！」と声に力を振り絞り……、ふっとあたしの意識は暗転した。


「ここは……」

気が付くと、いつもとは違う木目の天井が目に入った。

最初は自分が誰かさえあやふやだったけど、ほんの少しの間で意識が輪郭を持ち記憶が波のように戻ってくる。そして自分がどうして気を失っていたのかまで思い出したとき。

「お気付きになられたか」

低い声が聞こえた。

目だけをそちらに向けると、傍らに宮地殿が座っていた。西村殿も。部屋の端にはあと四人の男が控えている。

「……津岡、様は……」

声を絞り出す。胸の奥に差し込みを感じた。

「我らも分かり申さん。運ばれて行ってそれっきりです。まだ息はお有りでござったが」

「教えて、ください……。お願いします。お願い……」

「……意地悪で申しておるのではござらん。我らも分からんのです。ただ有り様から、生死のどちらに転んでもおかしくない、と思います」

聞いて、不覚にも涙が溢れた。いろいろな感情が溢れていた。亡くなっていなかった安心感。でもまだ命が危ないという心許なさ。自分の不甲斐(ふがい)なさ。

そして次に、激しく痛む自分の体に思い至る。

「あの。あた、しは」

「気を失われて小半刻も経ってはおりません。しかし何故(なにゆえ)？」

「……全力で走ると、体が付いていかず……」

あたしは手をつき、体を起こした。体中が軋むように痛んだけど、助けてくれる人はいなかった。改めて、自分の置かれた立場を思い知る。

『いけるか』

葛忌が珍しく労わる声をかけてくれた。

『なんとかね。だいぶ痛いけど』

『……部屋の憶えを見てやりたいが、いまの俺には無理だ。悪く思うな』

『無理させようなんて思ってない。味方でいてくれるだけでありがたいよ』

あたしは答えながら、時間をかけて正座する。すると、

「紹介いたそう」

と、宮地殿はうしろへと手を伸べた。

「残る御庭番の男たちです。右に控えるのが明楽樫右衛門。市井から雲雀殿を見出し、上様お付きになっていた者です。もっといい形で引き合わせしたかったのですが」

そう紹介された明楽殿は、あたしに向かい会釈程度に頭を下げた。思っていたより優男だったけど、意志の強さを感じる目をしていた。

あたしもなるべく姿勢を正し、明楽殿に倣った。あちらはあたしに対する態度を決めかねているのか、ずっと面持ちを変えなかった。

宮地殿はこちらにかまわず続ける。

「隣が横田山五郎。一月ほど前に赴任してきたばかりで、雲雀殿の奥入りと同時期で

すな。今日は御殿向捜索の指揮を取っておりました。奥医師を大急ぎで呼んで参ったのも横田でござる」

「おかたじけで……、ございます」

少し深く頭を下げる。横田殿も会釈程度にあたしへ頭を下げた。温和な丸顔。

「隣が川村弥五左衛門。今日は長局の捜索を指揮しておりました。先ほど実地検分しておった拙者たちを見ておったとか。我らは皆お役に忠実だと自負しておりますが、川村はその中でも一等の忠義の士にござる」

宮地殿が言うと、川村殿はこちらに目礼だけを寄越した。大きな米粒みたいな顔で、ずっと口をもごもごさせている。

「最後に藪田定八。今日は広敷向の指揮ですな。川村と藪田は手前と同じ時期に江戸入りした仲でござる」

極端に眉が薄く目が小さい藪田殿は、他の御庭番より深く頭を下げた。寡黙な感じを受けた。

「先ほどは」

あたしは他の五人を見回してから、宮地殿に視線を据えた。

「申しわけございません。津岡様の悲鳴が聞こえたものですから」

「助けに行ったと？　あの勢いで」

「…………はい」

あたしの答えに、宮地殿は空咳をして間を取った。

「──残念ながらその悲鳴、手前には聞こえておりません。西村はどうだ？」

質問に、西村殿は首を横に振った。

「川村は？」

長局を捜索していたという川村殿も、同じように首を横に振った。それを見て宮地殿は横田殿に顔を向ける。

「横田は？　一人で御殿向きの中を指揮しておっただろう」

「……折り悪く、あのときあの部屋の周りには誰もおりませなんだ。悲鳴が本当だとしても、余程の大声でないと聞こえなかったでしょう」

「そうか」

返事をして、宮地殿は再びこちらを向く。目には猜疑が満ち満ちていた。

「悲鳴は、微かな、もの、でしたので」

「確かに」

ふうと息をつき、宮地殿は居ずまいを正した。

「有様を見れば、雲雀殿が津岡殿を助けに向かったとも見られる。しかし雲雀殿の正体が明るみになりかけたので、自由に動ける内に津岡殿を殺しに行った。こうも見られますが」

「そん、そんな……」

「雲雀殿。我らの前で己の武を隠せたまではお見事。なるほど、佐吉の刃をかわした由が本当ならば頷ける。が、ますます貴殿が何者か不明になった。あの尋常ならざる眼光、脚力。なにか易者や陰陽師のなせる業（わざ）のようなものなのか」

姿勢よく座る宮地殿。

彼はまた一呼吸を置くと、部屋の隅に置かれた長持を指さした。佐吉が入っていたと思しき、あたしが宇治の間で発見したやつだ。

「我らがここへ来たとき、かぶせ蓋が開いておりました。ここに佐吉が隠れていたのでござろう」

「開いていた……？」

意外な思いがした。どうして長持の中なんかに……？

「左様。そうとも知らずに我らが出て行き、襖の前に控えていた明楽も上様と共に去った。部屋に津岡殿が一人になり、周りに伊賀者もいなくなった好機を逃さず襲う。

手前が立てたざっくりとした筋ですが、雲雀殿のお考えを聞かせて頂きたく」

「かも、しれません」

「では、長持をここへ運んできたのは、どなたかな？」

「……あたし、でございます」

「ここへ運ばれてから、一度も開かれてませんな？」

「……恐らくは」

　あたしの答えを聞き、宮地殿は部屋の襖に目を移した。

「ざっと確認しましたが、捜索の伊賀者たちは二人一組で動いており、単独で動いた者はおらんという由です。明楽も上様が中奥へお帰りになったあとは、薮田と二人だったとのこと。佐吉が相手ですからな」

「……左様でございますか……」

　答えると、部屋には静寂が満ちた。

　その静かなときは、あたしが己の立場を思い知るに十分な時間だった。

　もちろんあたしは佐吉を追う側の人間だ。だけどいまこの有様で、御庭番の男たちがあたしの言葉に耳を貸すだろうか？　――やっといま一人、疑わしい人に行き当たったけど……。

ああ、しくじった。あたしは、しくじったのだ。

まんまと佐吉にしてやられた。

あたしが異様な速さで部屋に戻るところまでは算の外だっただろう。けど、あたしが宮地殿と西村殿を連れて部屋を出た隙を佐吉は利用した。ここでことを起こせば、あたしは間違いなく疑われる。

葛忌の言う通り、あたしはしょせん町家育ちのただの娘。式神の力を借りたって、佐吉とは隠密としての年季が違う。たとえ真実がいま全て分かったとしても、もうこの人たちを説き伏せるのは難しい。

「我らの前には」

俯いていると、宮地殿が平坦な声で切り出した。

「いま、いくつかの答えが並んでおります。一つ目は雲雀殿が佐吉の協力者という答え。二つ目は雲雀殿が佐吉自身だという答え。三つ目は雲雀殿が心強い我らの味方であるという答え。三つの中から我らは答えを出しかねてござる」

「正しくは四つ目でしょう。不甲斐ないお味方でございます。ですが、聞いてください。あたしは……」

「いまは如何なる言葉も無用です。真の言葉か惑わす言葉か。我らには了見できません。確たる証でもあれば別ですが……」

「…………」

予想されていたことにくちびるを噛み、

「ですが。最後に一つ」

と、あたしは体の軋みを我慢して、背をしゃんと伸ばした。

いつも津岡様がそうしていたように。

「御次のお伊代さん。この人だけ、伊賀者を付けて監視して頂きたく存じます。そうして頂ければ、あたしは自分の処置に異を唱えません。お任せ致します」

「……承知仕った。雲雀殿があの力を使いでもしましたら、我ら総出で止めても無事に済むとは思えませんでしたから。では、こちらも最後に一つ」

宮地殿は見定める目であたしを見て、そして言葉を続けた。

「雲雀殿が佐吉か、あるいは協力者か。いずれにしても言っておく。大奥への根回しを甘う見て将軍継嗣（けいし）に敗れ、それを恨みに上様支持の御年寄を襲うとは卑怯（ひきょう）千万。ことは必ず究明し、尾張藩に天罰を下す！」

※

上様支持の御年寄を排し、上様をも弑逆する。

そうすれば、尾張徳川家は御三家の一角だ。若君はまだ御幼少であられるし、次の将軍候補の筆頭に藩主の継友公が躍り出る、筋書きにすれば、たぶんこうなるのか。

なるほど。粗い筋だけど、存外上手く考えられているのかもしれない。

失敗して佐吉が捕まっても、口を割らない信頼があるのだろう。ことが成れば継友公が天下様だ。なんとでも揉み消せる。

まあ、こんなのがいまさら分かっても、もう遅いんだけど。

あたしは背を伸ばして正座し、ただ無為にときを過ごしていた。

今日の津岡様の部屋はいつもと違う。

二階の一室。畳部屋の真ん中に座るあたし。

明かりも許されず、あたしはずっと見張り女中の視線に晒されていた。女中は木で鼻をくくった態度で愛想もない。まあ、当たり前か。

戸口や庭にも御半下の女中たちが番として立っていて、ものものしい。あたしはここで沙汰待ちとなって、朝まで座しているようにと命じられている。佐吉本人が捕まらない限りは自分の無実を明かせないだろう。

はあ、と息をつく。

微かな雨の香りが、夜気と混じって鼻を撫でた。

夕暮れが過ぎ、残照も終わり、真っ暗闇の夜になると、長局は死んだように静かになった。昼間の喧噪が嘘みたいに。目を閉じれば闇の底へと沈んでいきそうだ。

結局今日、佐吉や協力者は見付からずに、捜索は明日も続けられることになった。

さすがに夜になると男たちは奥向から出なければならず、あたしは明日までの処置としてここにいる。警戒は御火の番が人数を増やして行うみたいだ。部屋のみんなもどこかに泊まっているはずで、迷惑をかけてしまって申しわけがない。

『まんまとやられたな』

目を閉じ正座していると、傍らに葛忌が立った。

『大方、仕組まれてたんだよ。協力者はあの初野ってババアか、お前に占いを頼んだ女かどっちかだ』

『たぶん、そうだね。たぶんお伊代さん。初野様を動かしたのもそうだし』

だからこそ自分の処置と引き換えに、御庭番にお伊代さんの監視を頼んだのだ。そもそも幽霊の噂まで持ち出してあたしにあそこを調べさせたわけだけど、実際に出るって話なのは御年寄の霊で、男の霊じゃなかった。

結果としてあたしは嵌められた形になり、それを踏まえると協力者はお伊代さんと考えて間違いない。

あたしは頭を整理しようと居ずまいを正した。座り姿勢を動かすと、強い力で押し込まれたように体中が痛む。

せめてここから動けたら。

それなら香山様が調べていた、あれを見せてもらいに行けるのに。

『あらましは、たぶんこうだ』

痛みに顔を歪ませていると、葛忌が続ける。

『その佐吉ってのは、自分の武器をかわすほどの隠密であるお前を恐れた。だからお前に宇治の間の長持を見付けさせて、協力者もいるって匂わせながら大奥を混乱させる。それをあからさまに利用して殺しでもすれば、混乱を拵えたお前が協力者として疑われるだろう。この件でお前は言葉に力を持てなくなるって寸法だ』

『たぶん、大筋でそんなとこだと思う』

そしてあたしは間抜けにも、御庭番を連れて部屋を出た。それはたぶん佐吉の望む以上の形を作り出してしまい、まんまとこの件から退座させられた。佐吉にとっては目の上のたん瘤(こぶ)を排せたという結果になる。——だけど。

あたしはまだ引っかかりを感じていた。その企てごとを一枚の絵にするには、まだ欠けている色がある気がするのだ。そこがあたしにどうしようもない違和を持たせていて、無駄と分かりつつここでもこうして考えている。

せめて、あれだけでも。

いや、よそう。もう無茶はさせないと誓ったから、仕方ない。禁を破ってことを成しても、おっ母の望むあたしにはなれない。

……だけどなあ。

少し俯いた、そのときだ。

『長持か』

いきなり、葛忌が言った。

虚を突かれ、あたしは葛忌を見上げた。ちょうど顔の布が隙間を見せ、葛忌の目元が露わになった。目は兎の目のように赤く血が流れていた。

『葛忌、あんた……』

『お前が濡れ衣をかぶせられたあの長持。あれの憶えが気になるんだろ？』

『まさか、……見てくれたの？　目ぇそんなになって……』

ここんとこ無理させどおしだったから……。

『部屋は広くて難しくてもな、長持ならなんとか。だけどもうこれっきりだ。当分はなにも見られない』

『ごめんね。……あたしがなにをするときも、会ったときから、あんただけ……』

涙が流れ、すぐに袖で拭った。泣けばからかわれる。夜だから感傷に浸りやすくなっているだけなのに。

――でも。

あたしがなにをするときも、会ったときから、あんただけはなにがあっても味方だった。ありがとうね。大事にしなくて、ごめん。

『かまわん』

葛忌はあたしの心中でも覗いたのか、フンと鼻を鳴らした。

『子が生意気なのは親を試すためだろ。お前のは筋金入りだ。慣れた』

『そうだね。そうだよ』

ふふ、と笑ったら、また涙が流れた。でも、もう拭おうとは思わなかった。

『じゃあ』

あたしは背をしゃんと伸ばし、葛忌に語りかける。

『教えて。あんたが体張って見てくれた、あの長持の憶え』

『おう。でも残念だったな。長持の中は、なんも見えなかった』

『どういうこと？』

『かぶせ蓋が開かれていたのは、外からだ。人は分からねえ。背丈から男だと思う』

『外から……？』

いや、腑には落ちた。

だって、ずっと思っていた。

長持を見張っていたわけじゃない。だからあたしがあの部屋に置いてから、目を離した隙に中へ隠れたと思っていた。けど、どうして隠れるのが長持の中だったんだろうって。

外から開けるとは、なるほど。些細な工作だけど、思い込みの裏をかくなかなか賢しい仕組みごとだ。実際は部屋の納戸にでも隠れていて、津岡様を襲ったあとにフタだけ開けて部屋を出て行ったのだろう。あたしに罪を着せたい意志を感じるし、実際に御庭番はあたしへの疑いを強めた。

いや、平時なら分からない。部屋の様子を分かっていて、長持が開かれていない由を知らないとできない工作だ。それを冷然とした誰かがもの申してくれていたかも。でも元からあたしを疑っていた人があれを見たなら、たぶん見方が違う。きっと証として考える。

もしその作用を狙っての動きだとすると。

御庭番が持つあたしへの疑い、科人はそれを知っていたという論になる。

あたしは正座のまま、暗闇の中でそっと目を閉じた。

頭の中には、ある一人の男が浮かんでいた。

最初はなんとなく。でもあらゆる見方から考えて、どんどん濃くその人の影は浮かび上がってくる。

……けど、証がない。そしてこの有様じゃ調べにもいけない。誰もあたしの言葉に耳を貸さない。どうしようもないのだ。

あたしは、もういいんだ。江戸払い、遠島でもかまわない。

でもせめて科人を暴いて、きっと本復して戻ってくる津岡様に言伝てないと。それがあたしにできる、短い間の最後の御奉公。……津岡様、どうか……。

「交代でございます」

目を閉じただ祈っていると、襖が開いて声がした。あたしの見張り番をする女中の交代だろう。あたしが嵌められたせいで、申しわけないな。

「不自由はないでしょうか」

考えていると、交代したと思しき女中から声がかかった。

――あたしに言ってる？

不思議に思ってふと目を開くと、暗闇に佇むのは上背のある華奢な女中。前に朋輩の櫛を隠して泣いていた……。

「お登勢さん……！」

「お久しぶりでございます、雲雀様。櫛の件ではお世話になりました」

「あんなの、義理に感じてもらうことはないのに」

言ったら、お登勢さんは首を左右に振った。

「雲雀さんの優しさで、わたしは救われたのです。ずっとお手本です」

そう言って、彼女は自分のあれからを手短に話した。

それまで妬むばかりだった朋輩の出世を祝うようにした。そうしたら心の中が明るくなった。辛いときもあったけど……。

「そういうときは、雲雀さんの身固めを思い出すんです。あのときが蘇って、もう一度頑張ろうって思えるから」

「あんなもんでよけりゃ、いつでも。……いまは、ちょっと体痛いからアレだけど」

「わたしにとっては、なにより……、出世より値打ちのある身固めでした。……って、すいません、自分の話ばかり」

ずずっと鼻をすすり上げるお登勢さんに、あたしは目頭が熱くなってしまう。

秋江さんに疎まれ、あたしは紛いものの優しさが迷惑にもなると知った。落ち込みもした。それでもあのときに優しくできていた人もいるんだって思ったら、なんだかおっ母の背中に触れられた気がした。

「雲雀様も、御目見以上になられたのですよね。耳にしたときはわたしはもう、嬉しくて。ああ、人を祝うってこういう気持ちなんだと気付きました」

「よしてください。この有様なのに」

「……あらましは噂で聞いています。でも、わたしは信じていませんから。そうでしょう？　雲雀様はきっと違う」

お登勢さんの確認に、あたしは小さく頷いた。だけど我が身を鑑みると頷くことが傲慢に思えて、恥ずかしかった。

「だったら、もっと堂々としてください。きっと雲雀様はお人好(ひとよ)しに付け込まれたんです。出世したらしたで、おっかないんですよ、大奥って場所は」

言うとお登勢さんは膝を畳に擦って、あたしの側まで近寄った。

「でも、いくらなんでもひどい仕打ちです。櫛を見付けてくれたときのこと、お亀様から聞きました。そのときのように、なんとかならないのでしょうか？　雲雀様の占いで、こう、本当に悪い人の居所を当てたり……」

「……もう、ここで禁足になってるから……」

「手足なら、ここに代わりがあります」

お登勢さんは腕をぐっと折り曲げ、力こぶのあたりをペシッと叩いた。

「わたしこれでも顔が広いから、ちょっと席を外すくらい大丈夫。どうせ出世の見込みもありはしませんし」

「でも……」

「減るもんじゃなし、恩返しくらいさせてください。お人好しなんでしょう？」

暗闇の中で、お登勢さんは快活に笑った。釣られて、あたしも少し笑った。こんなときなのに、心の中は喜びでいっぱいだった。手足を得られたことじゃない。大奥で過ごした日々が、無駄じゃなかったと実感できたから。

「――じゃあ、いいですか。お願いが」

「なんなりと」

「話を聞きにいって欲しい人がいます」

あたしはもしかしての祈りを込めて、書き付けを香山様へ届けに行ってもらった。返ってくる沙汰によっては推察が拠り所を得るかもしれない。拠り所さえあれば、なにか動きようもあるかもしれない。そう考えたから。

ただ、問題がある。

暗い中でなんとか書いた汚い字を、香山様は読めるだろうか。読めたとして、いまここでこうしているあたしを、果たして香山様は信じてくれるのだろうか。信じてくれたとして、上様より賜ったお役の中身をあたしに明かしてくれるだろうか。

『まあ、あのババアは大奥のやつらの中じゃまともそうだったからな』

隣に立つ葛忌は、口をへの字に頭をかいた。

『……見込み、有るかな』

『逆だろ。まともなやつが、いまのお前に手を貸すわけがない』

『ううう～……』

反論したいけど、葛忌のくせに言っている由がもっともだ。

どうだろう。心細い。

考えると膝がもじもじと動き、その度に差し込むような痛みを体が訴えた。

そうして、あたしは半刻ほどじっと待つ。

やがて闇の中から階段を上る音が聞こえた。息を呑み心に備えを拵えると、そっと静かに襖が開き、戻ってきたお登勢さんが神妙な顔を見せた。

彼女は部屋に入ると畏まって頭を下げ、あたしを正視。

「お待たせ致しました。書き付け、香山様にお渡しして参りました」

「どうでした？　お返事は……、くださいましたか？」

問いかけると、お登勢さんはくちびるを噛み締めた。闇で面持ちから感情が分からず、あたしは思わず覗き込んでしまう。

「……こんなときですので、香山様もまだ寝装束のまま部屋で起きておられました。伺ったわたしを、とても用心されて……」

「そう……、ですね。ごめんなさい。貧乏くじ引かせて」

つくづく迂闊な女だ、あたしは。

大奥のいまの有り様を考えたら、あたしであろうがなかろうが誰も信じてはいけない。佐吉が見付かるそのときまでは……。

「しかし」

お登勢さんが言った。

あたしは伏せかけた目を上げる。そこには彼女の笑み顔が咲いていた。

「香山様は書き付けをご覧になると、雲雀様の誓詞を世話子に持って来させました。それから字を見比べて雲雀様ご本人のものと確かめられ、すぐ返事を認めてくださいました」

「あ……、あ……」

あたしはお登勢さんが差し出す折紙を受け取ると、胸に抱き締めた。

「ありがとう……」

真っ暗闇に一条の光が射した気がする。

これがあたしに、大奥になにをもたらすかは、まだ分からない。もしかしたらなにも明らかになるところがないかもしれない。

だけどこんな有様のあたしが、ようやく摑んだ手がかりだ。

ムダにはしたくないという思いが、心で燃えた。あと暗がりで書いた字がいつもと同じだったのは気付かなかったことにした。

「あと、香山様からお言伝です」

お登勢さんは目を細める。

「お言伝？　なんて？」

「あのときの赤子に見せた、大奥の陰陽師の優しさを信じることにする。と仰られました。それから、これで乳改めの借りはなしだ、とも」

「ああ～、あれ……」

ちょっと、二つともあんまり思い出したくはないんだけど……。

「雲雀様らしいです。わたしが思ってた通り」

お登勢さんは、頰をかくあたしにくすっと笑った。

「間抜けな女中って？」

「そんなの、露ほども思ってはおりません。このお返事を導かれたのは、雲雀様ご自身です。普段の行いは言葉よりも大声でありますので」

眉は晴れ、お登勢さんは誇らしげだった。その面差しはもう、あのときに見たお登勢さんではない気がした。

「雲雀様らしい慈しみが、それをもたらしたのです」

部屋には再び夜のしじまが訪れ、時折、庭から虫たちの声が細い筋になって耳に届くのみとなった。あたしは相変わらず痛む体で部屋の真ん中に座し、頂いた折紙を前にしている。まだまだ言葉を噛み締め足りないのだ。

慈しみ。慈しみときたか。

ああ、照れ臭いやら恥ずかしいやら……。

そんな綺麗でご立派な言葉で自分を飾ってもらったのって初めてな気がして、あたしは危うくお登勢さんに惚れそうになってしまった。おっ母に少しは近付けた気がして、どうしたって気分が温かくなってしまうのだ。

しみじみと余韻に浸っていると、

『いいから早く読めよ』

葛忌がじれったそうに言った。

『その紙、あのお伊代って佐吉の協力者の由緒だろ？　まともだと思ってたけど、まともじゃなかったババアが改めたやつ』

『あんた、口の悪さいい加減にしなよ』

お登勢さんが自分の持ち場に帰ってから、あたしはずっと書状を自分の膝元に置いていた。中を開かないのはわけがある。

字が細か過ぎ、暗くて読めないのだ。

『早く言え。読んでやるから開けろ』

『偉そうに』

ムッとしたけど、他に選ぶ術がないのが悔しい。あたしはパラパラと紙を開いていき、畳に広げた。葛忌は腰を折って覗き込む。

『えー、適当な挨拶と……。あとはお前の……、まあいいや』

『それ気になるんだけど』

『書状は……、つまりお伊代の出自に怪しいところ無しって由だな。旗本の養子になって奥入りしているが、元は紀州藩は亡き綱教(つなのり)公御内室付きの御小姓。七年前に御内室より大奥に推挙、目見(めみえ)は略式の由。芸事上々。親類書、宿見(やどみ)共に不審な点なし』

目見とは面談、宿見とは身元の検分。要するに亡き紀州藩主御内室の推挙だから、面談は省きました。身元の検分も怪しいところなし。ってことみたい。

だけど……。

『紀州藩……？』

上様が御出身の藩……。綱教公は上様の御令兄だったはず。

ここに引っかかる。佐吉の協力者であるなら尾張の人だと思っていたけど。いや、他藩であってもおかしくはないんだけど、だけどどうしてよりによって紀州藩？　なんでそこで妙な繫がりが生まれる？

いや……。そもそも佐吉……。

あたしは俯き、頭を働かせる。

さっきから妙な人の縁がこんがらがって、なにかを隠している。そして隠された奥には、さっきあたしが思い浮かべたあの男がこっちを睨んでいる気がした。

月の光も雲に隠れた闇の中。あたしは黙然として、絡まった糸を一本一本、自分の持っている知見を使って丁寧に解いていった。

吉宗公、綱教公、お伊代さん、御庭番、紀州藩……。部屋に閉じ込められたときは寂しかったけど、この暗闇と静けさは、じっくりものを考えるのにちょうどよかった。

『お』

口を一文字に結んでじっとしていると、葛忌が声を上げる。

『──いま考えごとの最中だけど』

『晴明の顔だった。眺めとく』

『そ』

あたしはつっけんどんに返事をした。

ちょっと前までは言われて嬉しかった言葉だけど、何故だかいまはそうでもなかった。だって、あたしはあたしなのだ。他の誰でもないのだから。

絡まり合った糸の最後の一本を引き抜いたとき。

あたしはある一つの果に辿り着き、男の顔がはっきりと見えた。

そしてこの見立てが正しいとなると……。

——たぶん危ないのは上様だ。

しかも、もういつ手出しされてもおかしくない。科人にとって邪魔なあたしは、いまこの刹那にだって大奥からの所払いが有り得るのだから。

あたしを追い詰めた相手の策は、自身にとっても徒となり得る諸刃の剣。あっちも追い詰められているし、ことは急かされるはずだ。ピンと張った糸が千切れるように、もういつことが起こってもおかしくはない。

「明日の朝、……広敷向ですか」

再びお登勢さんを側に呼び、あたしは拝むように手を合わせて、またも使いをお願いした。一度目に「でも……」なんて言って遠慮していたのに、申しわけがない上に恥ずかしい。

「もちろんかまいません。広敷向にはお亀様が働いてますので。あとで交代したときに言っておきますから」

「重ね重ね、迷惑をかけて」

「雲雀様の頼みを誰が迷惑と思いましょう。それに」

お登勢さんはにいっと相好を崩した。

「たまにはこういうのも、面白いじゃないですか」


何刻か過ぎた。

お登勢さんはもう他の女中と交代して、あたしは起きたまま明かり障子に映る東雲（しののめ）を目にしていた。……つもりだったけど、葛忌に言わせるとけっこう寝ていたらしい。全身が千切れるほど痛い上に座ったままなのに、我ながら凄いなあと思った。

あたしは徐々に濃くなる陽の光を眺め、これからのことを考える。

一時は諦めていたのに、再起の目が出てきた。

全てが上手く回ればあたしは自分の無実を明かせる。これから怪我を治す津岡様に心配かけさせなくて済むし、あたしに白羽の矢を立ててくださった上様に恥をかかせなくていい。なによりみんなを守れる。

力を貸してくれた人たちのお陰だ。

あたしは目を閉じ、みんなを思いやった。

気持ちが温かになり、なんだか初めて覚えた心地のような気がした。

ふうと安堵の混じる息をつき、あたしは来(きた)るべきそのときを待つ。

お登勢さんを通じ、お亀さんには宮地殿への言伝を頼んである。いや、言伝というより、あたしの推察の確かめになるのか。

話した感じ、宮地殿は感情よりも理が勝つ人だ。これでも卜者の端くれとして多くのお客を見てきたんだ。自信がある。

一晩経って頭が冷えた彼なら、必ず聞く耳を持ってくれる。信じている。

『まだかよ』

葛忌が気を揉む。見ると落ち着かず視線をあっちこっちにやっていた。

『御庭番もお役人だからね。たぶん書きものとかあるんでしょ』

『にしても遅い』

『長いこと生きてる割にせっかちだね』

あたしは再び目を閉じ、くすっと笑った。葛忌の苛(いら)つきがあたしを想う心から生じている気がして、嬉しかったり可愛かったり。これが済んだら、もうちょっと大事にしてやろうと思った。

時間はただ過ぎていく。

障子に映る朝日はすっかり濃くなり、蟬の鳴き声まで連れてきた。今日は暑くなりそうだとその障子を見ながら思う。

まだかな。

葛忌じゃないけど、だんだんとじれったくなってくる。物音から伊賀者たちは大奥に入って捜索を再開してるようなのに、御庭番が遅れているとは。もしかしたら昨日の件で、内儀でもしてから入るつもりなのかもしれない。

まあ、いまのあたしじゃ待つ他ないか。

ふうと嘆息する。すると遠くから微かに、澄んだ鈴の音が聞こえた。

『御鈴(おすず)廊下からかな』

『もう四つ時かよ。遅いな』

葛忌が肝を焼いて鋭く舌打ちをした。

御鈴廊下とは、中奥と大奥とを繋ぐ唯一の廊下。

日本橋くらいはあろうかいって長さを誇り、廊下にかけた鈴をならして上様の大奥へのお成りを報せる。黒塗りの杉戸を開いて上様がお姿を見せると、板畳の廊下の両端で上様に近しい女中が平伏してお迎えするのだ。

そのあと上様はいつも御仏間に入り、歴代の将軍たちの位牌に礼拝する。それから御小座敷でズラッと参集した御目見以上の奥女中と引見するのだけど、聞いてる限りそれが壮観なのだ。女のあたしでも一回その景色を見てみたいと思うもの。

っていうより、本当なら今日からあたしもそこに並んで、上様のご機嫌を伺うはずだったのになあ……。あーあ。

やるかたない気持ちでいると、やがて鈴の音も建物に溶けて消えていった。

上様はしきたりとも呼べる一連の日課を終えられると、中奥へとお戻りになる。それらを変えれば負けと仰っていた上様のご気性だ。今日も今日とていつものように過ごされるのだろう。この件が落着を見たら、あたしも共にできるだろうか。

そう考えて気を紛らわせることしばし。

やがて階段を誰かが駆け上ってくる音がした。

あたしは息を呑み襖を睨む。なにかの試験の沙汰でも待つ心地だ。

「雲雀様」

やがて襖が開くと、畏まったお亀さんの姿。櫛を見付けたあのときはまだ砕けた感じだったけど、広敷向で相当に仕込まれたのか、いまはあの頃より折り目正しいように見えた。

「ご無沙汰しておりますね。櫛の件ではお世話になりました」

お亀さんは見張りの女中に会釈をして、あたしの側につつつ、と足を進める。

「あんなのはいいんです。それより今日は迷惑かけちゃって」

「とんでもない」

お亀さんは顔を左右に振った。

「あのときの雲雀様のお陰でさ、わたしゃ櫛と大事な友達を失わずに済んだんだから。ご恩に比べたら、このくらい」

「そう言われちゃ、ちょっと照れちゃいますね」

あたしは肩を竦めて笑う。でもすぐに真剣な問う目をお亀さんに向けた。

「――で、どうでした？」

「ええ。先ほど宮地様に伺って参りました。雲雀様の推察が正しいか否か」

「……はい」

「正しい、との由にございましたよ」

やっぱり。

あたしは己の心にストンとなにかが落ちてきたのを感じた。絡まった糸は全て正しく解れ、いま、その中に隠されたあの顔があたしの目の前に晒されたのだ。たぶん間違いない。科人はあの人。

「宮地様も驚かれておりましたね。雲雀殿はどうしてかようなことを言い当てられたのか、と」

「――で、ここに来られるとは？」

「言っておられました。ただ、そのお方を連れて行きたいが、今朝の評議でも顔を見せておられなかったとのこと。見つけ次第、追っ付け連れて行くと……」

「今日、いない？」

不意に、うしろから水を浴びた心地になった。

どうして？　いまは彼にとっても、普段と同じく振る舞う方が得策のはず。なんでいまこの時期にそんな悪目立ちを？

「あと、一つ」

お亀さんは思い出した顔で付け加える。

「監視を頼まれていたお伊代様。特に怪しい動きはないってことです。ただ、今日は捜索が入るので奥女中はまた別の部屋に固められているのですが、お伊代様はお忘れだったのか、いつものように御仏間に入ってから、慌てて出られたとの由で」

「御仏間……」

御次の仕事は御仏間の片付けや清掃など。

お伊代さんが入ることそれ自体は不自然じゃない。でもいまの大奥の有り様で、女中が一所(ひとところ)に集められるのを失念できる？　お役で御仏間に入るとは言え、忘れたとするのはかなり強弁だ。

ならどうして御仏間に？　様々なものが符合する。

答えが出た。

あの男は、いま、もう決着を付ける気でいるんだ。邪魔なあたしの追放を待つことなく。ここに留め置かれているので十分と判じた。

なるほど。上様のご気性から行動は分かっている。今日だっていつもと同じく振舞われ、間もなくあそこに入るはずだ。そして警護役の明楽殿は部屋の外での見張りとなる。昨日の件で了見した。中は手薄。

ならば昨日、津岡様を襲ったように……！

でも、どうしたらいい？　あたしはここで……。

――いや、一つだけ。

覚悟がいる。でもやるべきなにかが分かっているのに座しているのは、たぶん優しくない。自分でも少し驚いたけど、あたしはそんなもんが真っ平で、それはおっ母の想いとは別の自分の内より湧いてくる感情だった。

行く。大事な人を守るため。覚悟を働きに変えるとき。そう決めた。迷いはない。

『葛忌。行くよ。あたしに入って』

『いや、ちょっと待て』

『ジッとしてんのは性に合わないの。大急ぎ』

『正気か、お前。なにを察したか知らねえが、勘違いかもしれないんだぞ。もしたとえ当たっててもな、ここを無理やり出て行こうもんなら、あとでもう死罪になってもおかしくない。――いや』

葛忌はあたしの前にたちはだかる。

『そもそもお前の体がまだ癒えてない。昨日の今日だぜ。いま俺を体に入れんのは、命を賭け代にサイコロ振るようなもんだ』

『死ぬ気なんてない。賭けには勝つよ。苦しいくらいは覚悟の上』

あたしは曲がった鉛を真っすぐにするように、痛みを堪え背を伸ばした。

『あんたなら分かるでしょ？　人が危ないって分かってんのに黙ってたとあっちゃあ、大奥の陰陽師の沽券に関わるの』

あたしが言い切ると、葛忌はため息を吐き出した。長く太い呆れのこもったため息を、これ見よがしに。

『――どうなっても、知らんからな』

『きっと死なないよ。苦労かけるね』

『いまさらだ。絶念取れよ』

葛忌は鼻を鳴らして、また嘆息した。だけどあたしは生きて戻る気しかないから、そんなに憂鬱な気分にはならないのだ。

「お亀さん。あと、見張りの人」

あたしは前を向いて、声をかけた。数瞬黙っていた女がいきなり顔を上げたもんだから、あちらは両人とも面持ちに少しだけ驚きの色を浮かべた。

「あたしはいまから、ここを出ます。全力を出したあたしを御庭番の人は知っているので、二人が罰せられることはないです。誰がいても止めようがないので。心配しないでください」

「？　えっと、そりゃどういう……？」

お亀さんが怪訝な顔をした。だけど答えは刹那ののち、あたしの身ごなしによってもたらされる。

あたしが目を閉じると、それを合図に葛忌はあたしに潜り込んだ。

意識からあたしが弾き出される。

狐憑きとなるとすぐ歯は剝き出しで食いしばられ、目は吊り上がり、あちこちに血筋が浮かんだ。体のそこここの軋みが骨から伝わってくる。お亀さんと見張りの女中の面差しに恐れが宿り、尻を擦って後退った。

『いくぜ』

『ん。御殿向の御仏間だよ。一刻も早く』

答えたら葛忌があたしの体に力を込める。床を蹴ると畳が破裂を思わせる音を立てて跳ね上がり、あっという間にお亀さんと見張りの女中を置き去りにした。サイコロは振られた。

階段は駆け下りない。飛び降りた。

戸口の障子は体当たりで破壊。

廊下に出ると柱を蹴って体の向きを変えた。

そこから出仕廊下へ向けて足を回し、鉄砲の弾みたいに板廊下を蹴り続ける。辺りに女中は見当たらなかった。景色はあたしを中心にどんどん切り分けられていく。宙を滑る動きであたしの体は出仕廊下を折れ、御殿向に突き入った。伊賀者たちの驚いた顔が映り、迫り、うしろに流れた。瞬時に了見してあたしに飛びかかってくる勘のいいやつもいた。

だけど葛忌は避け壁を走り飛び越し、勢いそのままに御殿向を疾走。さながら屋敷を駆け巡る嵐のようなものだった。ダンダンダンと自分の残す大きな足音が、背中の彼方（かなた）へ消えていく。

『——葛忌。いい？』

『お陰さんでいま忙しい』

『目は大丈夫？』

『いきなりなんだよ。残念だが死にゃしない』

『なら、いいんだ』

あたしは疾走する余勢を体に感じながら続ける。

『……あの、ここ来て前より葛忌に頼るようになって……。あたしの頼みが、あんたの目にそんなお荷物になってたんだって、やっと分かってさ。いままで、あんまり表に出さないでくれたんだね』

『妙に殊勝だな。死ぬのか？』

『あたし必ず生きて戻るからさ、また話しようね』

『……分かってるよ。死なせやしない』

葛忌はどん突きになった壁を床の代わりに着地。蹴り付けると、無理やりぐいっと廊下を折れた。そこに御仏間の襖が見える。前で目を光らせる明楽殿も。

「血迷うたか！」

彼はあたしを認めると、獣のように背を丸め飛びかかってくる。

けど、あたしの体はさらにその上を跳躍。明楽殿の背を足場に前へと跳んだ。

『あとで叱られちゃうね、こりゃ』

『いまさらだろうが』

葛忌はダン！　と、余勢の重みを膝で殺して着地。

そして御仏間の襖を横にした、その刹那だった。

部屋からゴトリと重い音が耳に届く。——マズい！

急いで！　と、言うまでもなく、葛忌は襖を蹴破った。襖は宙に舞い弧を描く。それが部屋の畳に落ちるまでの僅か瞬きほどの間に、御仏間の中の全てのやり取りが交わされた。

部屋の中は絢爛豪華。

金と漆による装飾が一面に施され、にも関わらず全く俗っぽく映らない。

あたしたちは部屋の横から襖をブチ破る形になっているのだけど、まずもって入ってすぐ目にしたのが、上様を先頭に十人ほどの女中が、上座に据えられた豪奢な仏壇に手を合わせている姿だった。

何人かの女中は、いきなり闖入してきたあたしに目を剝いていた。

何人かは意識が追い付かずに、まだ手を合わせたまま。

そして手を合わすでもない、こちらに驚いているでもない、たぶん勘のいい何人かが、前を向いてあっと驚きの面持ちを浮かべていた。

葛忌はその視線を追う。

先には大きな仏壇の陰から半身を出し、いま、まさに得物を上様に投げつけんとかまえる何者かがいた。

黒い頭巾に装束で姿を隠した男。誰かは明らか!

『葛忌っ!』

『見えてる。行くぞ』

全てが、とてもゆっくりに見えた。

或いは葛忌の意識に触れ、そう感じていただけかもしれない。

ときの刻み目の中で、あたしの体は音を立て再び畳を蹴る。上様も男に気付いて背をのけ反らせる。あたしの体は居並ぶ女中たちの頭の上を跳躍して、男を目がけて勢いそのまま突っ込んでいった。

――が！

『間に合わねえっ！』

『摑んで！　苦無！』

刀傷の一つや二つ、ドンと来い！

『ちくしょうが！　憑依してる俺が痛いんだよっ！』

葛忌の文句が頭に響いたのと同時。男は背中からムチのように腕をしならせ、恐れ多くも上様目がけてビュッと得物を投じた。

凄まじく正しい投げ筋、速さ。真っ直ぐ線条の尾を引き地を這う苦無。

けど、さすがは長年連れ添った化け狐だ。

あたしの目は完全に非の打ちどころなく投げられた得物を捉えていて、そして上様の眉間のほんの手前。まるで槌を振る動きであたしの右手は振り下ろされ、がっちりと手の中に苦無を摑んでいた。

すぐに上様を瞥見。驚いておられるけど、ご無事。でも。

『あいつっ！』

見ると頭巾の男は狙いを変え、部屋の端へかまえを取る。目線の先には香山様！

明らかに陽動。でも放っておけない。

あたしは獣の呻きをもらして横っ飛び。前のめりに倒れ、伸ばした手になんとか苦無を摑まえた。ほっと一回だけ息をつくと、傍らに恐怖に引きつる香山様の顔が。その面持ちの由は、苦無かあたしの姿か。

『おい、逃げたぜ』

『え』

あたしは慌てて意識を戻す。葛忌が視線を向けた先に男の姿はなかった。引き際まで鮮やかな手際だけど、感心していられない。

『追って！』

あたしの声に応じて葛忌は開かれた襖を出て、廊下で左右に首を振る。

しかし驚愕の面差しを浮かべる明楽殿以外に人はいない。明楽殿も御仏間に入りかけていたので、風のような素早さの男に応じ切れなかったのだ。遠くに伊賀者がいるだけで、辺りに男の跡形はなにも残ってはいない。

『あの人、こういうときにも備えてたんだ。もうちょっとだったのに……！』

『潮時だな』

葛忌の諦めが伝わり、あたしが引き留める間もなかった。葛忌の意識はこびりついた泥を洗うみたいに、ざあっとあたしの体から剝がれていく。そして、

「……か……は……」

体に訪れたのは、覚悟していた以上の痛み、苦しみ。

あたしは糸が切れた操り人形のように、壁を背に膝から崩れた。

死ぬ気なんかさらさらなかった。必ず生きてやるって思っていた。けど、想像以上に身節が、骨が、肉が、全身から悲鳴を上げている。口の端からよだれが垂れても拭えない。のたうち回って苦しみを紛らわすこともできない。

「おい……？」

明楽殿が不思議そうに見下ろすけど、反応もできなかった。

耐えろ。

あたしは精いっぱい痛みを無視して、自分に言い聞かせた。

いつも葛忌が抜けた直後が一番辛い。体験によって分かっている。いまこの刹那さえ耐えられれば、たぶん死なずに済む。

だけど……。難しい。

『……葛忌。そこにいる？』

『言うな。考えなくていい』

『言うよ。いままでありがとう。ずっと生きたままにしちゃうね。ごめん』

『――いいさ。お前を思い出しゃ、退屈も紛れる』

目尻から涙が零れた。たぶん数瞬のあとに、あたしは死ぬ。

おっ父はあのときみたいに、また泣くかな。それは、優しくないな。津岡様は無事に床を上げられるだろうか。

考えて間もなく、四肢から覚えが抜け始める。きっとあたしはすぐおっ母と会うのだ。葛忌には残酷なことをした。ここまで苦しいと思わなかったから。昔からの向こう見ずが、とうとうこんな失敗を……。

「雲雀！」

不意に凛々しい声が聞こえた。

気付くとあたしは誰かの腕に支えられていた。魂が最後に燃えて、力を振り絞れとあたしに告げていた。あたしはどろどろになっていた意識になんとか輪郭を持たせ、頑張って目を開けた。

　そこには上様がいた。間近だった。

　御目は切なげにあたしをお見つめになられていた。

　腕はあたしを抱きかかえられ、端整なお口は懸命にあたしの名を呼ばれている。お顔の周りには花が咲き誇り御目は星空を思わせる輝きに満ち満ちていて吸い込まれてしまいそうでちょっと待ってこんな尊い方があたしのあたしのあたしの……。

　ひいいいいいいい～！

　と、心が叫び、少しでもこのときを味わいたいと四肢に力が舞い戻る。まるで上様のお姿で慰撫されたように、体から痛みが拭われていった。

『お前はいったいなんなんだ』

　半ば呆れた葛忌の声。自分でも少し思った。

「雲雀。すぐ匙を呼んでやる。気を強く持て」

「上……様……」

　葛忌が抜けた直後を耐え、体には少しずつ少しずつ自由が戻りつつあった。

　けど、それでもなんとか命を繋いだ程度のもの。科人を取り逃がした後悔は、たぶん当分臥せるだろう床の中ですることになりそうだ。

「い、如何なされた！」

騒ぎを聞き付けたのか、宮地殿が右の廊下からドスドスと音を立ててやってきた。

彼はあたしの傍らに片膝をつくと、

「やつでござるか？」

確かめるように、そう問いかけてくる。あたしは精いっぱいの力を込めて、微かにゆっくりと頷いて見せた。

「すまなんだ」

宮地殿は力強くくちびるを結ぶ。

あたしはまだ上手く喋れないけど、せめて表情で返事をした。頬に微かに浮かべた微笑みに、宮地殿は目の縁を赤くした。そりゃ怒ってないわけじゃないけど、みんな自分のお役に忠実なだけなのだ。逃がしたのは仕方ない。

なのに……。

ほとんど諦めていた。きっとやつは騒ぎが広まる前に大奥から出て行って、どこか逃げた先でのうのうと暮らすのだと思っていたのに。

思いもよらない僥倖が、この場にもたらされた。

誰あろう、『やつ』自身によって。

「急ぎ足で御無礼仕りまする。由々しき事態とお見受け致した！」

左側に延びる廊下の向こうから。

どこかで他の三人とも合流したのだろう。西村殿、横田殿、川村殿に藪田殿……。

あの男が。あたしの有様をどこかで見て、押っ取り刀で戻ってきたんだ。

たぶんまだこちらが全容を摑んでないと思っている。そしてこのあと全てが詳らかになるなら、上様のお命を狙う機はいましかない。そう考えているのかもしれない。

あの男の恨みの底は、あたしが思っていたよりも深い。

だけど、それが徒となった。

「……宮地殿、捕まえて……」

荒い息の中から言葉を捻り出すと、その強面は力強く首を縦に振った。そして振り返り明楽殿を見て告げる。

「手を貸せ。科人を捕らえる」

「佐吉を、でございますか？　もしやあの四人の中に？」

「佐吉ではない」

宮地殿は両手を広げ、熊を思わせるかまえを取った。あたしは素人だけど、出で立ちからは荒々しく洗練された武を感じずにいられなかった。

「横田だ。召し捕るぞ」

「なにがなんだか……。責任は取ってもらいますからな」

みなぎる殺気を背負い、二人は廊下を蹴る。

宮地殿と明楽殿を正面に見た四人は明らかに戸惑っていた。けど、心当たりのない三人と横田殿は違う。彼は露骨に狼狽え、そのまま踵を返した。

――しかし、それは悪手。

自ら追われる心覚えがあると白状したと同じで、動きを目にした御庭番たちが見逃すはずもない。

「どこへ行く、横田」

「お前か」

と、他の三人が瞬時に異変を察し、横田殿の腕をそれぞれ掴んで動きを止めた。いかに武の達人でも、御庭番五人が相手では勝負ありだ。

宮地殿は横田殿へ迫ると、猪を思わせる勢いで体当たり。

まともに喰らった横田殿がよろめくと、他の御庭番も黙っていない。全員で足を掴み帯を掴み袖を掴み胸ぐらを掴んで、横田殿をその場に引き倒した。御仏間からは悲嗚と泣き声がひっきりなしに聞こえていた。

「無念だ……。許せよ、お伊代……」

五人から廊下にねじ伏せられ、横田殿はギリリと歯を鳴らした。目は赤く血走り、いまにも血の涙を流しそうだった。

あたしは上様の腕の中で、安堵の息をもらしていた。

体はボロ雑巾みたいで死にかけたし、疑われて悲しい思いもしたけど、大奥でのこれまでが味方も拵えていた。全部ひっくるめてこの結果と引き換えなら、生きているだけで儲けものだ。

「――貴様が佐吉であったか、横田」

あたしを抱えながら、上様は集まってきた伊賀者に来るなと手を向けた。横田殿をむやみに猛らすなというご判断だろう。伊賀者たちは遠巻きに騒ぎを見守る。

「佐吉？　そんなものはハナから江戸にはおらぬわ、毒殺公方！」

「控えい、横田！」

宮地殿が首根っこを摑むと、

「かまわん！」

上様が制し、お続けになる。

「……考えてみれば、横田よ。おぬし、元は亡き兄上のお付きであったか」

「覚えておったなら話が早いわ！　貴様が毒を盛って弑逆した我が主の仇！　いまこそ果たせればと……。しかしその奇っ怪な女のせいで……！」

「誤解をしておるな。綱教公を害したのは俺では……」

「この期に及んで言い逃れなど無用！　貴様の悪辣な所業など、紀州では頑是ない童子でも知っておるわ！　それほどまでに天下が欲しかったか、兄殺しの将軍よ！」

唾を飛ばし上様を罵る横田殿。鎮めようと御庭番の五人がさらに強く組み伏す。あたしの体が無事だったらタダじゃおかないところだけれど……。

『おい、マズい』

葛忌が横田殿を眺め、顔をしかめた。

『絶念が出ない。あいつ余力あるぞ。逆転の一手を探ってる』

『あの有様で？』

執念とは恐ろしい。ここまで追い詰められ、なお隠した牙が。

見ていれば分かる。きっと横田殿にとって大事な人だったんだろうな、綱教公。やったことは許せないけど、あたしにはなんか気持ちが分かってしまうのだ。おっ母の望む人間になりたいと考えていたあたしの想いも、感情の類では根を同じくしているかもしれないから。

　──いや、いまは考えまい。

「上、様」

　あたしは荒い息の中から言葉を捻り出す。

「お気を付けて、くださいませ……。あの者は、まだ、諦めては……」

「心配ない。休んでおれ」

　いけない。そういう御注進ではないのに……。

　……仕方ない。

「……く……」

　あたしは上様に抱えられながら、渾身の力を込めて腕を動かした。枕にした腕が痺れてしまったように、自分の手に覚えが乗らず上手く操れない。

　けど、諦めは死に繋がる。それは優しくない。あたしは嫌だ。

　どうして嫌？　おっ母がそう望むから？　違う。あたしはあたしの内から滲む感情として、いま、上様をお守りしたいのだ。ただあたし自身の想いがそうさせる。

　やるならいま。いまがそのとき。おっ母、見守っていて。

『来るぞ』

葛忌が告げる。あたしはあたしを急かした。胸元の切り札まで、もうちょっと。

「貴様は知らんだろうが」

横田殿が上様を睨み付けながら言った。言いながらときを稼ぎ、体に備えを拵えているのだとなんとなく分かった。

「綱教公はな、孤児で人商人に売られるはずだった俺を救ってくれた。他の者は見て見ぬふりをしていたのに綱教公だけが……。お伊代もそうだ」

廊下にねじ伏せられながら、なおも鬼の如き形相で横田殿は凄む。

「人品優れ民に慕われ、側室も持たず御内室を愛した。俺は心底から綱教公に惚れておった。家来として誇りだった。その綱教公を、貴様は……！　将軍殺しと後世に罵られてもかまわぬ。仇討は武士の習い、同じ主殺しを誅すまでのこと！」

「落ち着け、横田。まず落ち着け」

そう仰せになる上様の口ぶりは、なんとか諭そうとするものだった。たぶんこのお方はまだ、横田殿をお救いになろうとしている。

「断じて俺は兄上を弑しておらん。そもそも仮におぬしが俺を害したとして、それで誰が利を得る？　裏で絵図を描く者がそこまで企てていると何故気付かぬ」

「黙れい！　貴様が殺したとする証ならさんざん見たわ！」

ダン！　と、横田殿はゲンコツで廊下を打った。

反動で彼の腕を掴んでいた御庭番の手が外れる。

そして横田殿は自ら作り出した隙を逃さない。

縄抜けの動きとでも言うのだろうか。体の身節という身節をぐにゃりと回すと、横田殿は猫を思わせる柔らかさで五人の手から体を逃がした。

あっ！　と驚く顔と、逃れた横田殿を追う御庭番たちの視線。彼ら五人の伸ばした手は走り出した横田殿の着物をかすめただけで、届きはしなかった。

横田殿は目にも留まらぬ速さでこちらに迫り、懐から得物を取り出す。筋張り傷のある手に持つのは、あの苦無だ。だけど投げる素振りは見せない。自分の手で刺しに来る。凄い速さ。カタツムリみたいなあたしの腕じゃ間に合わない。

どうする？　答えのない問いを自分に浴びせたとき。

「いいかげんにしな！」

御仏間からなにかが飛んできて、一つが横田殿に命中した。座布団？

黒目だけを動かして部屋を見ると、香山様に初野様の目は敵意を孕み横田殿を睨んでいた。いや、二人だけじゃない。その場にいたみんなが。

意識の外から奇襲され、ほんの半歩、横田殿の踏み込みが乱れた。ただ先に備えを作っていたあたしには、それで十分だった。

「上、様っ！　ご無礼仕ります……！」

あたしは着物の中で、自分に貼った護符を剝がした。葛忌の憑依に使う護符。腕に最後の力を絞り出し、それをあたしを抱える上様の腕元に貼り付ける。

同時に、横田殿の手から上様へ迫る刃。

だけど上様はあたしを放り出すと、歯を剝き目を血走らせた。そして瞬間とも呼べない時間の狭間。丸太でも振り回さんとする迫力で、横田殿の横っ面にゲンコツをぶち込む。

くるくる回りながら吹き飛ぶ横田殿を目で追いながら、あたしはこの件の全てに幕が下りるのを感じていた。

※

その日は夢を見た。

上も下も右も左も真っ暗闇の中で、おっ母がただ微笑むだけの夢。

あたしはおっ母と膝を突き合わせて座っていて、あの夕焼けの日からいままでのことをひたすら喋っていた。おっ母はなんにも返事しちゃくれなかったけど、あたしは会えただけで嬉しかった。夢ではいつもおっ母は死んでいたから。

「――で、大奥に来てさ、色々あって……。今日なんかさ、上様をお守りしたんだよ。本当だよ。葛忌に助けてもらってさ、あたしが。だからさ……」

あたしは言いながら、なんとなく自分の手に違和を覚えた。

それはいまの自分のものより幼く、触りの温かな血がぬるりと滴っていた。あの日あのときの自分の手だった。だけど、不思議と恐いという感情は湧かなかった。

「おっ母」

あたしは手を下ろし、おっ母と同じように微笑んだ。

「いままでありがとう。ごめんねは、もう言わない」

そう言ったら、おっ母のうしろから陽が昇った。

それはいつも見る血塗られた夕焼けじゃなくて、全てが洗われそうな朝日だった。

気が付くと手に塗られた血は消えていた。

ああ、あたしは大丈夫になったんだと感じた。目も眩むような朝日はやがておっ母を呑み込み、あたしに光を当て続けた。

エピローグ

上様をお救いした奥女中。

あたしはそんな身に余る栄誉を授かり、療養の間だけ特別に部屋を頂いた。人がいなくて寂しいけど、お見舞いにたくさん人が来てくれたのは嬉しかった。

お鶴ちゃんにお滝さん。お登勢さんとお亀さんは二人一緒で来てくれたし、呼んでもないのに初野様は糸井さんと顔を見せ、また山吹色のお菓子を渡そうとしてきて困ってしまった。今回の件で落飾（らくしょく）させられそうになったって笑っていたけど、あの厚かましさで仏に仕えるのは無理があると思った。

あとは噂を聞き付けたのか誰かの計らいか。驚きに近い喜びをもたらしてくれたのが、お楠さんやお春さん、あとは秋江さんからの文だった。特にあのときの謝罪と感謝が綴（つづ）られた秋江さんからの文面は、あたしの目頭を熱くしてくれた。

あたしは何度もそれを読み返し、そして気が付いてみれば暇である。そして静かだ。

他の奥女中はこういうのが落ち着くのかな？　でもあたしはなにかとガヤガヤ賑やかな浅草育ち。平癒したのちはまた津岡様の部屋に戻るんだけど、なんだったらいまからでもあちらに床を敷きたい。一人は寂しく感じてしまう。

あーあ。また誰かお見舞いに来てくれないかな。天井を眺めて嘆息すると、

『もう寝んのも飽きただろ』

白く冴えた陽の照る庭を臨み、葛忌が退屈そうに言った。

『言われるまでもないね。昼間に寝てんのなんて赤ん坊の頃でとっくに飽きちゃってるよ。でも起き上がれないんだから。あんたはご馳走食べられてよかったね』

『不味かった。恨みが元の絶念は生臭くてダメだな。味噌っぽい味が好みだ』

葛忌は立ったまま庭を向いている。蟬の声がうるさく響き、じめっとした炎暑が額に汗をにじませた。動けるようになるまで、あとどれくらいかかるかな。

『なあ。見舞いの連中も一息ついたし』

葛忌が問う口ぶりで、こちらを向いた。

『この一件、俺には分からんことが幾つかある。そろそろお前の口から説明あってもいいと思うが』

『……いいよ。夕刻から香山様が詳しく聞きに来られるらしいし。話しながらあたし

も頭ん中で整理付けとかないと』

『最初にお前を襲ったやつは、あの横田って男だったんだろ？』

『そう。津岡様に毒を盛ったのも横田殿』

　昨日の昼、横田殿の自白に基づいて聞かされた顚末（てんまつ）は、だいたいのところであたしの推量した通りだった。

　まず横田殿は、お伊代さんに『綱教公が吉宗公に毒殺された』と吹き込んだ。そして協力者に仕立て上げ、邪魔の少ない大奥で上様を弑しようと寝刃（ねたば）を合わせる。

　が、それに当たり、あたしが不都合だった。新しく御庭番となったからには、なにかある。大奥の中にそんな者がいては妨げだと思ったらしい。

『そこであたしを殺そうとしたけど、葛忌が憑依して助けてくれたよね。あれであたしを殺すのは難しいって思って、次は津岡様を狙うことにした』

　ここのわけが、あたしにとって曖昧だった。

　横田殿が語るには、部屋親を排しさえすれば、あたしの動きがかなり限られると踏んだって話だ。昨年、次期将軍に吉宗公を推していたので、その辺でも津岡様に敵愾心（てきがいしん）はあった。津岡様の饅頭好きを知っていたので、お伊代さんを通じてお鶴ちゃんに土産に持たせたらしい。だけど、これも失敗。

『そこで横田殿は考えたんだろうね。あたしを排するよりは、罪をかぶせて動きを封じようって。で、お伊代さんと幽霊騒ぎを企てた。あたしにわざと、男が忍び込んだ跡を見付けさせたんだ』

たぶんお伊代さんが長持を使い、横田殿を大奥に入れていたのは本当だろう。実際に葛忌があそこで憶えを見ている。これはあたしの想像だけど、初野様に上手く言って七つ口の貫目吟味を止めさせたのはお伊代さんだと思う。

『この辺は葛忌も言ってたよね？』

あたしは頑張って首を回し、葛忌に顔を向けた。

『大奥は佐吉がいるって大騒ぎで、すぐに捜索することになったけど、それで敵を懐に入れちゃったんだよね。おまけに御庭番である横田殿にこっちの動きは筒抜け。だから上様や他の御庭番、津岡様があの部屋に参集すると知っていて、待ち伏せた』

『中年女が殺されかけた部屋だな』

『そう。納戸かなんかに隠れてたんだろうね。できればあの場で上様を弑したかっただろうけど、あたしや他の御庭番がいて諦めた』

『で、代わりにあの中年女が襲われたってわけだ』

『あたしに協力者の汚名を着せたら、邪魔者がいなくなるからね。でも葛忌が聞いた悲鳴で、あたしが長局から異様に速く戻って、横田殿は津岡様を殺し損なった。ただ長持のかぶせ蓋だけは開けて、どうにかあたしを嵌める体裁を整えたってわけ』

だいたい頭が冷えれば分かりそうなもの。敵が部屋に置かれた長持なんかに隠れるわけがない。開かれたらお終いなのに。

『それがまだよく分かってない。協力者ってのは、いわゆる「佐吉の協力者」って意味だろ？　佐吉ってのは結局なんだったんだ？』

『横田殿が作り出した幻だよ』

あたしが答えると、蟬の声が止んだ。葛忌がまた庭を向く。

部屋で禁足になったとき、あたしは早い段階で横田殿が科人だと当て推量ができていた。ただそのときはまだ、佐吉の正体が横田殿だって考えていた。

『あんときは伊賀者も含めて、御庭番はみんな二人一組で動いていたでしょ？　なら、津岡様を襲えたのは御殿向を一人で捜索していた横田殿しかいない』

葛忌が部屋で感じた殺気の件もある。そう分かっても、部屋に閉じ込められたあたしじゃどうしようもない。

——話を聞いてもらえるだけのなにかを見付けないと。

そう藁にもすがる思いで確かめたのが、お伊代さんの出自だ。佐吉と協力するからにはなにかある。

『で、あの女が紀伊の出身って分かったんだろ？　だからなんなんだ？』

『紀伊ってだけじゃなくて、紀州藩の先代御内室のお小姓ってことも分かった。そのとき、なんかピンときたんだ。考えてみれば佐吉の報を御庭番や上様のお耳に入れてたのって、誰あろうあたしが科人と推察した横田殿だったって』

佐吉自体は、たぶん尾張には実在するのだろう。だからこそ皆が信じ恐れた。でもそいつが江戸に来たってのは横田殿が拵えた幻。捜索や科人像をかく乱させるために用意された虚像だった。

『だから、あたしはお亀さんに頼んで、宮地殿に言伝てた。「横田殿、元は綱教公の家臣か縁深い人だったんじゃないか」って。綱教公って、なんか上様が害したって話になってるからね。お伊代さんも横田殿も、それを恨みに思ってたんじゃないかって思った。上様を狙うわけが、他に見当たらないしね』

あとの由は簡単だ。

上様の負けず嫌いのご気性から考えて、翌日もしきたり通りに御仏間に来るのは間違いない。そのときにあたしはもういないし、あとは津岡様にそうしたように、御仏間のどこかで上様を待ち伏せすればいい。

『ややこしいことするよな、人間は』

葛忌は庭に出て、珍しげに木に留まる蟬を見つめた。めくられた布の狭間から見えた彼の目は、まだだいぶ赤かった。

あたしは天井を眺め、また目をつぶった。とても静かな三日目の昼間。

だけどなにかが起こるのは、いつだって突然だ。

翌日の早く。部屋に上様がお成りになったのである。

「此度は大儀であった」

と、さすがに供回りの女中をお連れだったけど、上様はいつものあの朗らかさでもって、御自らあたしの労をねぎらってくださった。

いくら寝ても体が癒えなかったあたしだけど、上様のお姿を拝めば話は別。寝装束に病鉢巻のまま心許ない動きだけれど、あたしは根性で平伏してお迎えした。

「おぬしがおらねば、俺はどうなっていたか分からん。天下の危機を救ったとも言えるぞ。早う平癒して、改めて礼を言わせてくれ」

「か、過分なお言葉、身に余る光栄にこじゃいまする！」

上様は噛んだあたしを笑ってくださった。

「過分なものか。俺はな、自分で思っている以上にお前が好きらしい」

「か、かかかか過分でございまする！」

顔が熱く茹で上がり、心の臓がうるさく高鳴った。いったいどうして、そんな言葉であたしをからかって……と、思うと、

「何故ならな、ここだけの話、俺はおぬしを守ろうと必死だったようだ。必死過ぎて、横田を殴り倒したときの覚えがない。体もやけに痛む」

そう仰せになって、あたしをヒヤヒヤさせてくれた。あたしの狐憑きになったときのこと、不自然なくらいみんな聞いてこないけど、どうしてだろう。上様がかん口の令でも敷いてくださったのだろうか。

上様は途中で人払いをされると、あのあとのことを色々と聞かせてくれた。

まずはお伊代さんと横田殿の仕置きだけど……。

「そのような名の者は、ここにはおらんかった」

上様はあたしから目を逸らし、平坦な声で仰った。

「いなかった、と、申しますのは……」

「病死した者なら、二名おったな」

「……左様でございますか……」

御公儀の体裁もあり、内々に済ませた打ち首という意味だろう。江戸で女まで打ち首はなかなか聞かない。やったことを考えれば当たり前なんだけど。

「ただ、ここからは独り言だが」

上様は目を伏せたあたしに向かい、お続けになる。

「横田を引っ張ってきたのは俺で、伊代を唆（そそのか）したのは横田だ。そういうけしからん過ちは主君も責を負うのが筋。ただ将軍たる俺が罰せられるのは困る」

「――では……」

「新しい名で両名とも寺へ送った。番人付きで息も詰まるだろうが、それぞれ仕えた者を弔う日々を送る。俗世で俺の家臣のまま果てるよりいいだろう」

「……寛大な、お裁きだと思います」

「楠のときと同様だがな。俺は欲得を顧みず、二夫や二君に見（まみ）えずとする人間は好きだ。それに、おぬしを見習いたかったしな、雲雀」

「あたし、でございますか？」

目をパチパチしてお伺いすると、上様は豪快に笑われた。

「まるで自覚がないのがおぬしらしい。そのような体になってまで他人のため走り回るおぬしに、俺は薫陶を受けたということだ」

※

七日も寝っぱなしでいたらさすがに床も上がり、奥医師からも元気印に太鼓判を押してもらえた。今日からいよいよ雲雀ちゃんの新たな幕開けである。

あたしは二之側に借りていた部屋を出ると、お日様の光を体いっぱいに浴びて伸びをした。草の香りが夏を鼻先に届ける。解き放たれた心地に、上様から頂戴したあの言葉に、あたしは心が眩みそうになっていた。

『しかし殺されかけてよく許したよな、あの中年』

葛忌が隣に滑り並ぶ。感心というより、珍しい噂話でも聞いたような感じだ。

あたしはあのあとで、とてもお伺いし難かったけれど、綱教公の話も聞いた。どうして上様に害されたという由になっているのか。

すると上様は腕を組んで少しお考えになられ、

『全ては尾張の絵図だろう』

と、一言だけお答えになられた。

全ては尾張の絵図。

全て、であれば、上様が疑われ狙われることまでも含めて？　なら横田殿が佐吉の幻影を拵えたのも、もしかしたら尾張の入れ知恵かもしれない。

上様は横田殿のためではなく御令兄様のため、尾張の行状を明らかにすると仰っておられたけれど……。

『んなもん考えてもしょうがないだろ。お前は大奥でしか動けないんだ』

『……でもさ、思うんだ。仕えるお方によって人って変わっちゃうんだなって。いくら好いていたからって、それが全てになって自分を見失っちゃ悲しいよね……』

『誰かに聞かせてやりたい言葉だな』

『うっさい』

葛忌に言い返している内に、あたしたちは一之側の廊下までやってきた。早いような待ちかねたような。あと少し先がいつものあの部屋だ。

あたしは葛忌に笑みを見せて、障子戸に手をかけた。

ここを開けば……。

そう思い息を呑むと、なにかが胸に迫る。目は熱くなり潤んだ。

あたしはそれらを振り切るように、力を込めその戸を横へ滑らせる。そして十年待ったものを探すように、部屋の奥へ鞭のように目線を向けた。

するとそこにはいつもみたいに……、そう、いつもみたいにしゃんと背筋を伸ばした津岡様が座っていて、彼女はあたしを認めると湯呑みを膝元に置き、面差しに喜びを湛えた。姿が滲む。

「久しいな、雲雀よ」

津岡様は戸口で立ったままのあたしに体を向けると、柔らかく微笑んだ。

「――はい」

返事はどうしたって涙に濁る。だけど、あたしも背を伸ばした。本当は津岡様に抱き付いてわあわあ泣きたいけど我慢した。どっかで見ているおっ母が、あの世で誇れるあたしであるように。

「さて、平癒して早々だが。おぬしに怪異の沙汰が届いておる。どうする？」

「もちろん、いけます」

あたしは柔らかく笑みを湛える葛忌を横目に、目元をごしごしと擦った。なにをするかは、いつも同じ。この歪みを産む大奥に、ありったけの想いを込め――。

「大奥の陰陽師の沽券にかけて」

参考文献

陰陽師の解剖図鑑【著】川合章子（株）エクスナレッジ
日本の女性名—歴史的展望【著】角田文衛（株）国書刊行会
新訂　官職要解【著】和田英松（株）講談社
図解　日本の装束【著】池上良太（株）新紀元社
日本武器・武具事典【著】戸部民夫　ＫＫベストセラーズ
考証要集【著】大森洋平　文春文庫
陰陽師の原像【著】沖浦和光（株）岩波書店
図説　安倍晴明と陰陽道【監】山下克明（株）河出書房新社
陰陽道の発見【著】山下克明　日本放送出版協会（（株）ＮＨＫ出版）
［図説］日本呪術全書　普及版【著】豊嶋泰國（株）原書房
徳川「大奥」事典【編】竹内誠・深井雅海・松尾美恵子（株）東京堂出版
絵でみる　江戸の女子図鑑【編】江戸人文研究会（株）廣済堂出版
人物事典　江戸城大奥の女たち【著】卜部典子（株）新人物往来社
徳川吉宗　日本社会の文明化を進めた将軍【著】大石学（株）山川出版社

大奥の奥【著】鈴木由紀子 （株）新潮社
図説大奥のすべて―衣装・御殿・全職制 決定版 （株）学習研究社
【決定版】忍者・忍術・忍器大全【企画・編】菊池のぶお （株）学習研究社

あとがき

ご無沙汰しておりました、つるみ犬丸(いぬまる)でございます。

今回のお話の舞台は江戸時代、大奥。

式神を手繰る少女が潜入し、事件や怪異を相手に奮闘する物語です。

作中の出来事は基本的に史実に即しておりますが、主人公が遭遇いたします事件などはモデルがありつつも創作となっております。大奥内の女性キャラクターに限りましては人物名もフィクションです。

さて、テーマとなります江戸時代の陰陽師。

もしかしたら少しイメージし難いかもしれません。陰陽師と言うと時代を代表するスーパースター、安倍晴明からの連想で、平安の世を思い浮かべる方も多いかと思います。

しかしこの時代にも安倍晴明の子孫は存在し、陰陽は時代へ根深く確かに息づいていました。もしも本稿でその時世の匂いなどを感じ取って頂ければ、作家冥利に尽き幸甚でございます。

では、最後に謝辞を。

とても素敵なイラストで表紙を華々しく彩ってくださいました桜花舞様。キャラクターに注文が多く申しわけございませんでした。仕上げて頂きましたイラストを拝見したときには息も止まる思いでした。ありがとうございます。

そして度重なるワガママに付き合ってくださった担当編集様。いつも的確にディレクションをしてくださり感謝しております。思えば長いお付き合いとなりました。自分のような人格が破綻した人間の面倒をよく見られるなあと、ある種の感動をしみじみと覚えております。

他にも本稿は幸福なことに、書店や流通、印刷所の方々など、ここには書き切れないほど多くの仕事によって支えられ、いま、最もお礼を申し上げたい貴方のお手元に届きました。

紙幅の都合により簡単になって恐縮ですが、この本に関わってくださった全ての方に精いっぱいの感謝を捧げたいと思います。

それではまた、次の物語でお目にかかりましょう。さようなら。

＜初出＞

本書は書き下ろしです。

この物語はフィクションです。実在の人物・団体等とは一切関係ありません。

【読者アンケート実施中】

アンケートプレゼント対象商品をご購入いただきご応募いただいた方から抽選で毎月3名様に「図書カードネットギフト1,000円分」をプレゼント!!

https://kdq.jp/mwb

パスワード

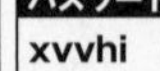

■二次元コードまたはURLよりアクセスし、本書専用のパスワードを入力してご回答ください。

※当選者の発表は賞品の発送をもって代えさせていただきます。 ※アンケートプレゼントにご応募いただける期間は、対象商品の初版(第1刷)発行日より1年間です。 ※アンケートプレゼントは、都合により予告なく中止または内容が変更されることがあります。 ※一部対応していない機種があります。

◇◇メディアワークス文庫

大奥の陰陽師

つるみ犬丸

2022年8月25日　初版発行

発行者　青柳昌行
発行　株式会社KADOKAWA
〒102-8177　東京都千代田区富士見2-13-3
0570-002-301（ナビダイヤル）
装丁者　渡辺宏一（有限会社ニイナナニイゴオ）
印刷　株式会社暁印刷
製本　株式会社暁印刷

※本書の無断複製（コピー、スキャン、デジタル化等）並びに無断複製物の譲渡および配信は、
著作権法上での例外を除き禁じられています。また、本書を代行業者等の第三者に依頼して複製する行為は、
たとえ個人や家庭内での利用であっても一切認められておりません。

●お問い合わせ
https://www.kadokawa.co.jp/（「お問い合わせ」へお進みください）
※内容によっては、お答えできない場合があります。
※サポートは日本国内のみとさせていただきます。
※Japanese text only

※定価はカバーに表示してあります。

© Inumaru Tsurumi 2022
Printed in Japan
ISBN978-4-04-914619-6 C0193

メディアワークス文庫　https://mwbunko.com/

本書に対するご意見、ご感想をお寄せください。

あて先
〒102-8177　東京都千代田区富士見2-13-3
メディアワークス文庫編集部
「つるみ犬丸先生」係

◇◇◇

メディアワークス文庫

今日も一日お疲れ様でした。暖簾をくぐったあなたを、旨い酒と美味い料理でお出迎え。

恵比寿の繁華街の片隅にひっそりとたたずむ日本酒ＢＡＲ「四季-Ｓｈｉｋｉ-」。

日本酒専門のこの店で供されるのは、客の好みに合わせたお酒と自慢の料理。

仕事を頑張ったへとへとの体には爽やかな爽酒でほっと一息、くたくたの心には薫り高い薫酒で人心地ゆったりと。

あなたの疲れた心と体に、ぴったりのお酒がここにあります。どうぞ癒やしにいらっしゃいませ。


読んだら飲みたくなる日本酒レビューも収録!!

発行●株式会社KADOKAWA

おにぎり処のごちそう三角
家族を結ぶ思い出の食卓

つるみ犬丸

悩みのタネを優しく結び、ひとくち頬張れば、ほろりとほどける！

愛する妻に先立たれ、二人の思い出が詰まった店を畳んだ元料理人の秋宗。傷心を癒やそうと料理から離れ、見知らぬ土地で一人暮らしを始めることに。

だけど、引っ越し先の御石荘に「おにぎり処　バーベナ」という看板が……。

最近になって経営者が年若い女性に変わったらしく、歪なおにぎりが並ぶこの店は潰れかけていて——？

ひと口頬張れば笑顔になれる、三角の形に結ばれた幸せの物語——はらぺこの心でお召し上がりください。

メディアワークス文庫

おもしろいこと、あなたから。

自由奔放で刺激的。そんな作品を募集しています。受賞作品は「電撃文庫」「メディアワークス文庫」「電撃の新文芸」等からデビュー!

上遠野浩平(ブギーポップは笑わない)、
成田良悟(デュラララ!!)、支倉凍砂(狼と香辛料)、
有川 浩(図書館戦争)、川原 礫(ソードアート・オンライン)、
和ヶ原聡司(はたらく魔王さま!)、安里アサト(86―エイティシックス―)、
瘤久保慎司(錆喰いビスコ)、
佐野徹夜(君は月夜に光り輝く)、一条 岬(今夜、世界からこの恋が消えても)など、
常に時代の一線を疾るクリエイターを生み出してきた「電撃大賞」。
新時代を切り開く才能を毎年募集中!!!

電撃小説大賞・電撃イラスト大賞

賞(共通)
大賞……………正賞+副賞300万円
金賞……………正賞+副賞100万円
銀賞……………正賞+副賞50万円

(小説賞のみ)
メディアワークス文庫賞
正賞+副賞100万円

編集部から選評をお送りします!
小説部門、イラスト部門とも1次選考以上を
通過した人全員に選評をお送りします!

各部門(小説、イラスト)WEBで受付中!
小説部門はカクヨムでも受付中!

最新情報や詳細は電撃大賞公式ホームページをご覧ください。
https://dengekitaisho.jp/

主催:株式会社KADOKAWA